ベリーズ文庫

イジワル同期とスイートライフ

西ナナヲ

STARTS
スターツ出版株式会社

目次

イジワル同期とスイートライフ

イジワル同期とスイートライフ

異常事態発生

日覚ましだと認識するより一瞬早く、その震動は止まった。

背後で「やべ」と小さな声がする。

肩のあたりがふと軽くなり、同時に冷たい空気が肌に触れ、私は抱きしめられながら眠っていたことを知った。

振り向くと、携帯を手にした姿と目が合う。

「はよ」

「……おはよう」

「悪い、シャワー借りていい？　家戻る時間なさそうだわ」

気だるい空気に、漂うアルコールの気配。

頭の中を整理したくて、数瞬だけ腕を顔に押しつけた。

「下のコンビニがワイシャツや靴下なんかを置いてるの。浴びてる間に一式買ってきてあげる」

「マジか、助かる」

「なにかほかにいるものある？」

どうも下半身が心もとないと思ったら、Tシャツ一枚で寝ていたらしい。似たような具合でボクサーパンツ一枚の彼は、控えめなあくびをしながら私の部屋を見回した。

「歯ブラシ、洗顔……、ワックス、硬めの」

「シェーバーとか？」

「それは会社に置いてるからいいや、俺、薄いし。ここから通勤どのくらい？」

「ドアツードアで二十五分」

「近いな」

私はベッドから出て、外出できる程度の身づくろいを始めた。彼も一度、伸びをしてから下りてくる。

「タオル出すよ」

「サンキュ」

「シャンプーとか適当に使っちゃって」

「ん」

手渡したバスタオルを、少しの間ふたりで持ったまま、なんとも形容しがたい沈黙が下りるのを感じた。

後悔、でもない。気恥ずかしさなんかでもない。

しいて言えば……疑問？

彼の、普段は上げている前髪が額にかかっている。そのせいで妙に幼く、親しみやすく見える。その顔が困ったように笑った。

「飲みすぎたよな」

まったくもって同感。

バスルームに消える裸の背中を見ながら深く同意した。

記憶が飛んでいるわけでもない。けれどいくら考えてもわからない。

——なぜこんなことになったんだったか？


「いや、それなら最初から宿泊先を分けて割り振ったほうがいい」

「まだ定員を越えるとは決まっていないんですが」

「海外の特約店は、こういうことにはおおらかなので、駆け込みの予約が殺到する可能性が高いです。そうなってからこぼれた国だけ別ホテル、だと混乱する」

参加者リストを眺めながら、久住賢児《くずみけんじ》くんがきっぱりと言った。それから隣に座る、彼と同じ海外営業の先輩社員と相談を始める。

「これ、東南アジアからの返答がまだですね。あそこは大所帯の可能性が高いですよ、別にしましょう」

「だな、一族を連れてきたいって声、聞こえてきてるもんな」

「社長が親日ですもんね」

外した眼鏡のつるを口元に当てて、小さく頷く。

今朝、コンタクトレンズの替えを持っていなかったため、よく見えないとぼやきながら泣く泣く眼鏡で出勤していた。初めて見る眼鏡姿は、確かに本人が気にしていた通り、真面目そうに見えすぎるかもしれない。

「それから、国内営業さんで作ったプレゼン資料は、我々にも確認させてください」

「なぜです？」

会議室の長机の、私と同じサイドに座った国内営業の女性が噛みつくように聞き返す。久住くんは気にする様子もない。

「草案を拝見しましたが、あのままだと海外の特約店には通じません。商品名が輸出名になっていなかったり、日本市場専用の商品の話が入っていたり」

「……わかりました」

「ほかに海外営業さんから見て、なにか懸念《けねん》はありますか？」

私の投げた質問に、久住くんがうーんと眉根を寄せる。

「いや、現時点で思いつくものは潰せていると思います」

「では今後も都度、指摘していただくということで」

「ですね、情報共有させてください」

チャイムが昼休みの開始を告げた。週一回のこの定例会は、午後も続く。

六名の参加者は、凝った肩をほぐしながら立ち上がり、先ほどまでのちょっとした険悪さを払い落とすように「どこ行きますか」と雑談を始めた。

久住くんも資料を机に伏せて腰を上げる。

私は一瞬、別行動をとることを考えたものの、見透かしたような視線を彼からもらったため、おとなしく同行した。


「悪かったな、夕べ」

近所の定食屋に行ったところ、六名掛けのテーブルが空いておらず、私と久住くんだけが離れた席に座ることになった。

席に着くなり彼がそう切り出したので驚いた。

会議の合間の昼休憩中に持ち出す話かな、これ？　とはいえ、今の私たちがほかの話題を探すのもまあ、白々しくはある。

久住くんはおしぼりで手を拭きながら、壁の品書きを眺めている。

整った横顔。目鼻立ちは派手すぎず、さっぱりしていて気持ちがいい。

飛び抜けて長身というわけではないけれど、姿勢がいいせいか、すらっとした印象を与えるバランスのとれた身体つき。

思ったより筋肉はしっかりついていた。ほどよく締まって美しく、つい見とれてしまう肉体だった。

「ううん、こっちこそ」

「六条《ろくじょう》は覚えてる？　その、経緯というか」

「久住くんは忘れた？」

「いや、覚えてる」

まだ眠いのかもしれない。もとから落ち着いたタイプではあるものの、今日は特にぼんやりしているように見える。

彼は頬杖をついて「野菜炒め定食」と言葉少なに店員さんに伝えた。もはや考えるのが億劫《おっくう》になっていた私は、「同じものを」と横着した。

「覚えてるけど、謎だ」

「すごくよくわかる」

軽い二日酔いで喉が渇く。早くも私たちの水のグラスは空に近い。

私と久住くんは同期だ。今年で入社五年目。私は二十七歳、彼も同い年のはずだけれど、浪人、留年、院卒などで年上の可能性もある。

要するによく知らない。

同期とはいえ特に仲がいいわけでもなく、今たまたま同じ案件に携わっているだけで、それが始まるまではまともに話したこともなかった。技術職も含めると毎年百名近い新入社員が入るこの総合電機メーカーで、同期なんてそんなものだ。

ただ名前と顔は知っていた。海外営業本部の営業部という近年の花形部署において、あらゆる市場を見る立場にあり、着実に成果を挙げている企画課の一員。若手の中では確実に、一番の注目株。

昨日は彼と、彼が連れてきた海外営業の先輩たちとで飲んだのだった。

同じ営業と名はつくものの、私のいる国内営業と彼ら海外営業はまったく別の部門で、普段は接点がない。たまたま国内営業と縁ができた久住くんが、物珍しがる先輩たちから、私を誘って飲み会を開くよう言われたのが事の発端だった。

場所は会社近くの居酒屋。お酒好きで話好きの先輩ふたりは積極的に盛り上げてくれて、あるとき私がお手洗いから戻ったら久住くんを残して消えていた。

『ひとりが吐きそうになって、慌てて送って帰った』

『あら』

『六条、家どこ？　もう少し飲めるよな？』

『ん、まだかなり平気』

　初めてじっくり話をした久住くんは印象通り、頭がよくておもしろかった。お酒も強く、男の子らしくよく食べて、海外事業について惜しみなく情報をくれた。

　気がついたら終電の時刻を過ぎていた。

　よくある、楽しく飲んだ夜で終わるはずが、ちょっと事情が変わったのは、相乗りしたタクシーの中でのこと。

　後席に並んで座り、話の続きをするうち、互いの手が触れた。

　それはシートの上で指の背中同士がぶつかっただけの、ただの偶然だったのだけれど、なぜかどちらも言葉を発せず、会話がそこで途切れた。

『あ、そこ右折で、最初の信号の手前で停めてください』

　先に降りる予定だった私が運転士さんに伝えたとき、久住くんの指がわずかに動き、私の指と絡んだ。乾いた熱い肌の温度を今でも覚えている。

私たちは一緒に降り、タクシーが走り去る前に最初のキスをしていた。

あとはもう、説明するまでもない。

「勢いってほど勢いもなかったよなあ」

「謎としか言いようがないよね」

「俺、しばらく彼女とかいないし、溜まってたのかも」

「そんな感じもしなかったけど……」

「そうか……」

運ばれてきた定食を前に、ふたりで考え込んでしまう。

何度も言うけれど、後悔しているわけじゃない。純粋に〝なんで私たちが？〟なのだ。飲みながら際どい話をしたわけでもない。プライベートの話すらほとんどせず、話題は終始、仕事のことだった。

「あとさあ、なんていうか、俺的にすげえ意外だったんだけど」

「なに？」

野菜炒めにお箸をつけながら、久住くんが珍しく言葉を濁し、首の後ろを掻く。気まずそうな顔がこちらを見た。

「お前、なに、いじめられるのけっこう、好きなタイプ？」

「えっ……あ！」

私はごはん茶碗を取り落とし、お味噌汁をひっくり返しそうになった。慌てて紙ナプキンを取って、トレイの上を拭く。

「なに動揺してんだよ」

「く、久住くんこそかなり、意地が悪いっていうか、私こそ驚いたんだけど」

「人聞きの悪いこと言うな。俺は普通だよ、夕べは六条に触発されて、あんな役回りになっちまっただけで」

「でも私は別に、そんなの好きじゃないし」

「あれで？」

疑わしそうに眉をひそめられ、顔が熱くなった。

なにこの反省会みたいな流れ。いっそ記憶が飛んでいたらよかったのに。どうしてお互いあれこれ覚えているのか。

が、誓ってもいい、私にそんな趣味はない。少なくともこれまでの相手からそう言われたことはない。

「ま、いいや、これからどうしような」

「これからって？」

食事に戻った久住くんが考え込んでいる。

「や、俺、彼女でもない女の子と寝るとか主義じゃないし」

「お互い様です」

「あ、そうなの？　じゃあちょうどいいや、付き合おうぜ、俺ら」

「はっ？」

なにを言い出すのかと訝《いぶか》った私を、彼が見た。

「だって、次はないって言いきれる感じじゃなかったろ？　俺、このままいったら絶対どこかであると思うよ、二回目」

「それは……光栄だけど、それがどうして付き合うことに」

「嫌だろ、ただ流れでやって、よかったから次もやって、でも別に彼女じゃありませんみたいなの。それなら俺、ちゃんと形があったほうがいい」

「だからって、好きでもないのに」

「別に嫌いじゃないし」

……ありがとう。

なんだろう、頭のいい人って、代わりにどこかがすっぽ抜けているんだろうか。

唖然《あぜん》として食べるどころじゃなくなった私とは対照的に、久住くんはさっさと食事を終えて、ワイシャツの胸ポケットから煙草を取り出す。

「で？」

「で、って？」

「返事は？」

火をつけながら、彼が尋ねた。

「返事って言われても……」

「彼氏とか、いい感じの奴とか、いるの」

「いたらあんなことしないでしょ」

「じゃあいいだろ、付き合ってよ」

「なんていうか、あの、逆じゃない？」

順番というか、考え方というか。

別に好きではないけれど、今後も私と寝ることがあるかもしれない。だけど身体だけみたいな関係は性に合わない。だから形だけでも付き合っておこう、と。

なんだそりゃと言いたくもなる。

「嫌なわけ？」

「嫌とかそういう問題じゃなくて」

「嫌じゃないなら、とりあえず〝うん〟て言っときゃよくないか？　なんでそんなに渋る必要があんの」

「いやいや、なにかおかしいって思わないの」

「俺、起こるとわかってることに備えておかないの、許せないんだよな」

「仕事上のトラブルみたいに言わないでくれる？」

「解決の必要があるって点じゃ、似たようなもんだろ」

その口調に苛立ちが混ざり始める。

なんだこの展開、と内心で嘆息《たんそく》した。こんなに嬉しくない〝付き合って〟が、いまだかつてあっただろうか。

「今、頭働かせてんだろうな。まさか、ぼーっとしてるだけじゃねえよな？」

「ほら出た、意地悪」

「意地悪なんかしてねーよ、勝手に喜ぶな」

「喜んでません！」

久住くんが不満そうに、口の端から煙を吐いた。

「そもそもなんで、俺が申し込む立場になってるんだ」

「不本意ならどうぞ白紙撤回してください」

「そんなに嫌か？」

　嫌っていうか。って、これもう何度目よ？

「よく考えてよ、久住くんは海外営業のホープで、同期内でも出世頭で、これから結婚適齢期を迎えるわけ」

　久住くんは頷かず、相槌《あいづち》も打たず、慎重に耳だけ傾けている。こういう抜け目のない姿勢が、仕事で成功してきた秘訣なのだろうとなんとなく感じた。

「一方、私はしがない国内営業で、営業企画部なんていう裏方部署で、影の薄いただの一社員なわけよ」

「なんでそこまで自分を卑下《ひげ》するんだ」

「事実を言ってるだけ」

「所属なんか関係あるか？　俺、お前の仕事の仕方、好きだと思ったよ、冷静だし合理的だし、一緒に来てるあの女の先輩より全然いいぜ」

　自分でも驚いたことに、私はその言葉に激しく心を揺さぶられた。

　嬉しくて。言ったのがほかでもない久住くんなのもまた、誇らしさに一役買って。

「ありがとう……」

「礼を言われることじゃないけど。で、どう返事に繋がんの」

「まあ仕事ぶりの話は、置いといて」

「持ち出したのはそっちで、関係ねえって言ったのは、俺だ」

業を煮やしたらしい彼は、テーブルに腕をつき、正面から私を睨んだ。

「嫌じゃない、でもぐずぐずオーケーもしないって、話を進める気あるのかよ、真面目に考えろよ」

「いや、だから」

「そうやって延々迷う気なら、選択肢を与えるのやめるぜ、もう」

声の調子がどんどん不穏になってくる。

「やめるって……」

「お前の見た目とか服の趣味とか嫌いじゃないし、バカでもないの知ってるし、めんどくさくもなさそうだし、昨夜の感じでは相性も悪くないから、俺らが付き合うのは変じゃない」

「はあ」

「俺としては付き合いたい。というわけで、お前がはっきりノーと言うまで、俺らは付き合う、いいな」

「ええっ？」

「お互い勝手に特定の相手作ったりするのは、なしだ。俺はお前を彼女と思って生活するし、お前もそうする」

「横暴でしょ！」

「嫌ならノーと言えばいい。いつでも聞く」

そのとき、少し離れた四名掛けのテーブルにいたほかの会議参加者たちが立ち上がるのが見えた。久住くんはさっと煙草を灰皿に捨て、伝票を取って席を立つ。

結局食べ終えることができなかった私は、口の中のものを水で流し込み、急いで後を追った。

「久住くん、本気なの」

「冗談でこんなこと言わない」

「別に私、夕べの責任とれなんて言わないし。要するに二度目が起こらなければいいわけでしょ？」

それならなにも、こんなアクロバティックな方法をとらなくても、対処のしようがあるんじゃ……。

ふたり分の会計を手早く電子マネーで済ませてしまった彼に千円札を渡しつつ、最後の説得を試みる。受け取りながら、久住くんがこちらを見た。

「お前、ほんとにそう思ってる?」

「え……」

「俺ら、二度とないって、確信持って言える?」

熱い肌。焦らす指。意地悪く見下ろす微笑み。

『ねだってみな』

甘い声。

真昼間のオフィス街の行き交う人波の中、突然そんな記憶が鮮明によみがえってきて動揺した。ちょっと、静まってよ自分。

『言わなきゃわかんないぜ』

『や……』

『やめる?』

『やめないで』

『なにを?』

「おい」と声をかけられて我に返った。目の前に記憶と同じ顔がある。残暑も終わったはずなのに、身体がじわりと汗ばんだ。

久住くんの静かな目が、私を見据えた。

「俺は自信ない。チャンスがあったら次もたぶん、抱く」

口の中がカラカラだった。なにも言えずにいる間に、彼は行ってしまった。

前方から、ほかのメンバーの会話が聞こえてくる。いつの間にか足が止まっていたことに気がつき、慌てて走った。追いついた私を、久住くんが振り返る。

「返事は」

「……わかった」

「それどういう意味」

「付き合うって……意味」

〝言わされている〟空気を隠せない。だけど彼は軽く笑って許した。

「じゃ、よろしく」

そう言って、私の背中とも腰ともつかない場所をぽんとさりげなく叩く。

傍《はた》からは、気安い同期のスキンシップに見えるだろう。けれど触られたほうには強烈なメッセージが届く、絶妙な位置。

自分たちがどういう関係か、忘れるなよ、ってそんなメッセージ。

私は情けなくもびくっと反応し、震える息をこっそり吐いた。

——これはいったい、どういう事態なの。

　久住くんが「ん」とPCの液晶を指さした。

「ここダブってるぜ、これ同一人物だ」

「えっ、ほんと。別人の名前に見えるけど」

　隣で髪を拭いていた私は、言われて画面を覗き込む。久住くんの身体からも、お風呂上がりのボディソープの香りがする。

「表記が違うだけだ。中南米営業の奴、チェックが雑だな、言っとくよ」

「こっちで対応するから、大丈夫だよ」

　前向きに言ったつもりが、じろっと厳しい視線をもらってしまった。身構えたところに予想通り、「あのなあ」と言い聞かせるような声が来る。

「そういう問題じゃない、不備は不備だ。指摘して、同じことが起こらないようにしないと」

「でも、しづらいよ、指摘なんて」

「そこを空気悪くせずに言うのが仕事ってもんだろ。それを避ければお前は楽だろうけど、全体的に見たらいいことない。手抜きって言うんだよ、そういうの」

きつい。が、正しい。

「海外と交流があるからなのかな、そういうはっきりした感じ」

「単なる考え方の違いだろ。なんでもかんでも国内と海外に分けるな。それこそ国内の悪いくせだと思うぜ」

「ごめん」

「すぐ謝るのもお前の悪いくせな」

「日本人だから」

「しつこいっての」

最後のは私なりの冗談だ。理解してくれたらしく、久住くんは笑って、私の肩に腕を回す。そうして引き寄せて、実になにげないキスをくれる。

私のことを、好きでもないはずなのに。

「久住くんて、いくつ?」

「二十七だよ、お前違うの?」

「同じ」

突然の質問に、彼は不思議そうな顔をした。

あのね、こんなことも知らないのに付き合っているという、この状況のほうが不思議なんだよ、私には。

あの強引な交際宣言から、早くも二週間が経過した。

どうなることかと思ったものの、案外私たちはごく一般的な、お付き合いしていますという男女の様相を呈している。つまり時間が合えば会社帰りに飲んだり、そのままどちらかの部屋に行ったり、そういう感じだ。

二度あった週末のうち、最初の金曜日は彼が再び私の部屋に泊まり、翌土曜日は予定があると言って朝のうちに帰っていった。その次の金曜日は私が彼のマンションに泊まった。翌日は私のほうが夕方に予定が入っていたため、お昼を一緒に食べてから帰ってきた。

同じ部屋にいるときは、泊まる泊まらないにかかわらず寝た。三回目まで数え、それ以降はやめてしまった。

久住くんの家は、偶然にも私の家と同じ路線上にある。より会社に近いせいか、今のところなんとなく、私の部屋で過ごすことのほうが多い。

三度目の金曜日である今日も、こうして彼は私の部屋にいる。

「寝よ」

きりのいいところでファイルを保存し、久住くんがＰＣを閉じた。

「明日、俺、空いてるんだけど、どっか行く？」

「どっかって？」

「さあ……六条はいつも休みの日、なにしてんの」

改めて問われると、なかなか答えづらい質問だ。

「予定がないときは、家でじっとしてるかなあ」

「暗い」

「じゃあ、そういう久住くんは」

「……用事がなけりゃ、寝てるかな」

「変わらなくない？」

ベッドに潜り込むと、すぐに私を抱き寄せて首筋に顔を埋めてくる。その身体は熱っぽく、職場でのどちらかといえばクールな姿を見慣れていた私は、彼のこういう一面に、最初わりと驚いた。

「大変申し上げにくいんだけどね」

「まさか？」

「そのまさかなの」

昨日から来てしまったのだ。泊まりに来る流れになったときに言おうかとも思ったのだけれど、かえって失礼な気がして言えずにいた。

久住くんはがっかりした声で「マジかよー」と正直にぼやき、やけになったみたいに私を強く抱きしめる。

「最初に言えよ」

「言ったら、来るのやめた？」

目の前にある胸から鼓動が伝わってくる。穏やかな、心地いい音。

「……んなこと、ねーよ」

髪に落とされる、優しい唇の感触。

「おやすみ」とささやいて、久住くんが枕元のリモコンで部屋を暗くした。寝つきのいい彼の、規則正しい呼吸が始まる。

それを聞きながら、私はしばらく暗闇で目を開けていた。

この関係は、いったいなんだ？

＊　＊　＊

「あの久住くんて子、失礼じゃない？」

「えっ、あ、はい」

五年上の幸枝《ゆきえ》さんが、右隣の席に着くなりそんな暴言を吐いたので、ぎょっとして、つい無責任な返事をしてしまった。

まあ、あの会議に出ている人は全員、彼女の海外営業に対する、決して好意的とは言えない態度に気づいているだろう。

「あっ、ごめん、乃梨子《のりこ》ちゃんの同期なんだっけ」

「いいですよ、なにかありました？」

「プレゼン資料の修正が終わったから、確認をお願いしたらさ、呼び出されて赤入れられたの、目の前で」

「ああ……」

たぶんそれは、彼なりに一番時間の無駄がないよう取り計らった結果だ。メールで返して、修正の意図を説明して、聞き返されて……なんて手間をかけるくらいなら、顔を合わせて手っ取り早く、と考えたに違いない。

採点をしたわけでもなく、資料を双方にとってよりよいものにするための作業なのだから、失礼とは言いきれない。けれど、そもそもからして気に入らない相手からそれをやられたら腹が立つという幸枝さんの気持ちも、わかる。

「天下の海外営業様だからね、仕方ないけど。昔はよかったなあ」

「国内のほうが元気だった時代もあったんですよね」

「つい最近だよ、立場が逆転したの」

そう、今でこそ海外営業が花形と言われているけれど、数年前までは国内営業のほうが遥かにエリートとされていた。単純に、売上比率が圧倒的に高かったからだ。

会社が海外販売に力を入れ始め、成果が出ると、国内と海外の売上はがらりと逆転した。肩で風を切って歩いていた国内営業は一転して日陰に追いやられ、代わりに海外営業が脚光《きゃっこう》を浴びることになった。

私が入社したときはちょうど逆転の直後で、海外営業に対する国内営業の敵愾心《てきがいしん》は今以上に露骨《ろこつ》で強かった。

「最近じゃ、向こうが上で当然って空気だもんね」

「私たちも頑張らないとですねえ」

「予算取るのも難しくなってきてるし、立場弱いってきついわ」

幸枝さんの不満そうなため息に、特に海外営業に反感もなく、久住くんという同期もいる私は、板挟みにあっているような気持ちになった。

「ああ、黒沢《くろさわ》さん？　気に食わねえってオーラ、出てたよ確かに」

「あっ、気がついてたんだ」

「気づくだろ、あれだけ出されりゃ」

　夕方、食堂にあるカフェに飲み物を買いに来たところ、ガラス張りの喫煙所にひとりでいる久住くんを見つけた。初めて入ったガラスの内側は、想像していたほど煙たくない。

「ごめんね、って私が謝っても意味ないんだけど」

「あのへんの年代は、国内市場の趨勢《すうせい》の影響をもろに受けてるから、どうしても過敏になるんだろうな」

　ふう、と吐き出した煙の行方を見つめながら、彼が呟く。

「言っちゃなんだけど、めんどくせえな……」

「そこを空気悪くしないようにするのが、仕事なんでしょ」

「それとこれとは、まあ、一緒か」

　短くなった煙草を灰皿に押しつけ、寄りかかっていた壁から身体を起こした。

「ま、そっちはなんとかするわ。それより今日、寄っていい？」

「いいよ。私、遅くなるから入ってて。後で鍵渡すね」

「えっ、ならいいよ、悪いし」

「別に悪くないけど……」

今さらなにを遠慮しているのか。

久住くんも、無用の気遣いだったことに気づいたようで、「だよな」と気恥ずかしそうに俯いた。その視線が私に戻ってくる。

「あのさ、先に聞いとくけど」

「あ、終わったよ、大丈夫」

「そう」

ホッとしていることを隠そうかどうしようか迷っているような、複雑な表情。

淡白な人とばかり思っていた彼は、知ってみると案外、素直で飾り気のない顔をこうして見せてくれる。

その彼が、難しい顔で腕を組んだ。

「二回目もあり得るってレベルじゃないよな。なんで俺、最近こんな盛ってんだろ」

「まあ、そういうときもあるんじゃない？」

「なんか、ごめんな、付き合わせて」

「……なにに謝られてるのか、わからないんだけど」

「だよなあ」

自分に呆れているみたいに、宙を仰いで苦笑する。

その横顔を眺め、少し安心した。結局は彼もよくわかっていないのだ。

私たちが、どうしてこんなことになっているのか。


その日は夕方から、国内の特約店との会合が予定されていた。それは予想通り、最後にはただの宴会と化した。

部屋に帰ったときには二十三時を過ぎていて、久住くんはベッドの上で寝ていた。読書の最中に限界が来たんだろう、本に指を挟んだまま眠り込んでいる様子が、電池切れした子供みたいで笑ってしまう。

気配が伝わったのか、彼がぱかっと目を開けた。

「あれ、お帰り」

「いいよ、寝てて、シャワー浴びてくる」

「何時だ、今……」

寝そべったままベッドの上を手で探る彼に、足元のほうに埋もれていた携帯を拾って渡した。その手を掴まれ、ぐいと引っ張られる。倒れ込む私を抱き寄せて、「こんな時間かよ」と久住くんは眠たげな声をあげた。

「遅くまでお疲れさん」

「これでも三次会は免れてきたんだよ」

「よく飲むよなぁ、おっさんたちは」

温度の高い手が、ねぎらうように私の頭をぽんぽんと叩いた。反対の手がスカートからシャツを引っ張り出し、中に潜り込んでくる。

「ちょっと」

腰をなでられて、びくんと身体が反り、隙のできた首に吸いつかれた。指が耳を意味ありげにくすぐる。

「シャワー浴びたいんだってば」

「一回終わらせてからな」

「嫌だって、ベッドににおいが移っちゃう」

「ほんと、すげえ飲み会のにおいする」

首筋の髪に鼻を埋め、手は本格的に私の服を脱がせにかかっている。これはもう、どう抵抗しても中断してはくれないだろう。

諦めて向こうの首に両手を回すと、久住くんは目を合わせながら柔らかく、何度もキスをしてくれる。これからしますなんていう、いかにもなのじゃなく、優しくて清潔で、気持ちのいいキスを。

これがなければ、身体だけの関係と割り切れもするのに。彼のキスはいつも親しげで飾らなくて、気を抜くと愛情めいたものすら感じ取れる気がして、困る。

「キス好きな人？」

「え？　いや、普通じゃね？」

聞いてみたものの、きょとんとされただけだった。

私の頭の両脇に肘をついて、愛しげに髪をなでる。その腕の中で見下ろされると、ますます本物の恋人同士のようで、不本意ながら胸が鳴る。

見つめていたら、向こうが戸惑いの表情を浮かべた。

「なに、俺、しすぎ？」

「嫌って言ってるんじゃなくてね」

「なら、なんでそんなこっち見んの」

「かっこいいなと思って」

こんなの言われ慣れているとばかり思ったのに、驚いたことに久住くんの耳がふわっと染まる。ぽかんとした私を「見るなって」と彼が怒った。

「じゃあどこ見てたら……わっ」

いきなり視界が遮られた。久住くんが片手で目隠しをしたのだ。

噛みつくようにキスをされる。舌がさっきより熱く絡む。視界を奪われたまま、たっぷりと貪《むさぼ》られ、たまらず息が上がった。

終電までにベッドを出ることはできなかった。

この部屋から彼が出社したのは、最初のときと合わせて、これが二度目。

＊　＊　＊

「あれから考えて、確かに黒沢さんのおっしゃってた方向のほうがいいのかなと。で、周りにも聞いたんですよ」

「うんうん」

「それ踏まえてもう一度直してみたんですけど、どうですか、これ」

「ちょっと見せて」

目の前で幸枝さんのご機嫌がみるみる上昇していくのを見て、感心した。久住くんの、押しと引きの絶妙なコントロール。

再びの定例会議の冒頭で、久住くんは幸枝さんに『ちょっと相談乗ってもらっていいですか』と実に感じよく例のプレゼン資料の話を持ち出した。姉御肌の幸枝さんは、そう来られたら面倒を見ずにはいられない。

ふたりはああでもないこうでもないと、内容を練っている。

今日の会議は、いい空気で進みそうだ。


「人たらしって言われない？」

「そんなんじゃねーよ」

昼休憩の間も幸枝さんと仕事談義を続けていた彼を、食堂から戻る途中で冷やかした。久住くんは苦笑し、廊下の途中にある自販機のコーナーで缶コーヒーをふたつ買い、片方を私にくれる。

「別におべっかのために嘘ついたわけでもないしさ」

「どうやって気持ちを切り替えるの」

「本気で思ってみるんだよ、この人と絶対にいい関係になりたいって」

そんな、友達をたくさん作る方法、みたいなピュアなメソッドが彼の口から出たことに驚いた。察したらしく、缶を持った手で私をぴっと指さす。

「バカにしたらダメだぜ、意外とそんなものなんだと俺は思う」

バカになんてするものか。世界中を飛び回り、新しい取引先を見つけて手を結び、永続的に互いの利益のためにやっていきましょう、という約束を取り交わしてくる人の言葉だ。

「今度、真似してみる」

久住くんはちょっと驚いた顔をした後、「素直でよろしい」と微笑んだ。

＊　＊　＊

エスカレートしている気がする。

こういうのを情動というんだろうか。

抱き合いたいという欲求は、どこからともなくふいに訪れ、身体を支配する。気心が知れてきた分、気負いもためらいも薄れて、時間の感覚がなくなるまで没頭する。

勘のいい彼は、いつでも私を満たしてくれる。優しくされたいとき、激しくされたいとき、意地悪く焦らされたいとき。

「だから認めろって。焦らされたいんだろ？」

「あのね、常にそうってわけじゃないし、程度の問題もあるの」

ある夜、熱の余韻が残る中で、そんなくだらない話になった。

片手で自分の頭を支え、片手で私の髪をなでながら、久住くんが鼻で笑う。

「焦らしなんて、頭おかしくなるまでやってなんぼだろ」

「そういう自分理論を押しつけないでくれる？」

「喜んでたくせになあ。終わると冷静ぶっちゃって、かわいいもんだよな」

にやにやと嫌らしく笑う頭を叩いた。

こんな流れでも、かわいいと言われると心が反応するんだから、嫌になる。

かわいげのない、と言われることのほうが多かった人生。『俺がいなくても大丈夫そうだし』と去っていった人もいた。確かに大丈夫だったから、始末が悪い。

じゃあもう、言われた通り、当分ひとりでいい。そう思うようになって数年が過ぎていた。

「え、ちょっと」

「やだ？」

嫌じゃないけど、と言う暇もなく、うつぶせにひっくり返された。性急に身体が重なってきて、思わずシーツを握りしめる。

「もう、なに……」

「焦らされたくないって言うからさ」

「都合よく、とらないで」

「嫌いじゃないだろ、こういうの」

「好きでも……」

「そろそろ黙ろっか」

言いたいことは山ほどあれど、肩を食まれる甘い痛みに消えてしまった。

口の中を探る指を、噛んでやることだけは忘れなかった。


淡い明かりで目が覚めた。久住くんが開いているPCの液晶だ。ベッドの上から、ローテーブルに向かっている彼の背中が見える。

画面の隅の時計は深夜一時過ぎを示している。私はベッドから出てキッチンに行き、コーヒーを入れた。

「仕事？」

湯気の立ったマグカップを差し出し、彼の隣に座る。

「あ、サンキュ」

受け取ったカップに口をつける間も、久住くんの目は画面を追ったまま。

「なにかトラブル？」

「いや、覗いたら、厄介《やっかい》なメールが入ってて。週明けまでほっとくのも怖いから」

「向こうももう、終わってたりしないの？」

「時差があるから、まだ稼働中……」

集中の傍ら、呟くように答えてくれる。

複数の資料を確認しながら、慎重に打っている返信は英語だ。私とはまったく異なる世界で仕事をしている人。邪魔をしないよう、先に寝ていようとも思ったのだけれど、それももったいなく思えて隣でじっとしていた。

ふと彼が片手を伸ばし、私の肩を抱き寄せた。こちらを見もせず、まるでそうするのが当然と思っているような仕草で。

もう一方の手だけで器用にキーを打つのを、私は肩を抱かれたまま見つめていた。

ひとつ屋根の下

「当分泊めて」

「えっ？」

十月に入った土曜日の朝、しつこいチャイムに観念してベッドから出たら、久住くんだった。

「電話くれればよかったのに」

「しただろ！」

「あれ？」

携帯を見てみると、確かに着信の記録がある。

「ごめん、私、寝るって決めたら起きないの」

「そうだと思って来たんだよ」

「なにかあったの」

いきなり来て、当分泊めろって。

当座の服や日用品などをスーツケースに詰めて、まるで家出の様相だ。

とりあえず上がってもらい、朝食はまだだと言う彼にサンドイッチを作ることにした。ラグに座った久住くんがテレビをつけると、休日の朝らしい浮かれた音声が部屋を満たす。

「夕べ、警察が来てさ」

「匿《かくま》わないよ？」

「俺じゃねえよ。隣の部屋の人が遺体で見つかったんだって」

口にするのも恐ろしいとばかりに、落ち着きなく腕をさすっている。

「殺人の疑いで捜査中ってことで、朝っぱらから俺のとこにも私服が来たの」

「やっぱり刑事ってふたり組なの？」

「お前、おもしろがってんだろ！」

そんなことはない、けれど。怖がっている久住くんが新鮮で、申し訳ないと思いつつ、つい刺激したくなってしまうのは確かだ。

「計画的な犯行だから、犯人は何度か下見に来てるはず、とか言われてみろよ、ぞっとするぜ」

「じゃあ会ってるかもしれないってこと？」

「てことだろ、顔写真いくつも見せられて、『見覚えありませんか』って。あってたまるか」

それは恐ろしい。というか危ない。三回ほど行っただけの私でも背筋が寒くなる気がするんだから、ひとりで家にいられなくなり、飛び出してきたのもわかる。

「てわけで、なんかもう無理だからしばらく泊めて」

「いいよ。引っ越しは考えないの？」

「考えてる。お前んちにいる間に部屋探すよ。でも今忙しくて引っ越す暇もないんだ。ちょっと長く厄介になったらごめん」

「うちは全然構わないよ、はいどうぞ」

ローテーブルに置いたベーコンとトマトのトーストサンドに、久住くんが遠慮なく手を伸ばす。ひと口かじりついてから、パンと具からなる断層をまじまじと眺め、「うまい」と言った。

「カフェみたいな味がする」

「チーズをクリームチーズにするだけでそれっぽくなるのです」

「女子だな」

女子だよ。

身を寄せる先が確保できて安心したのか、彼はぺろりと食パン四枚分をたいらげ、

「眠い」と言ってベッドに上がった。

そういうわけで私と久住くんは、一緒に暮らすことになった。

＊　＊　＊

「乃梨子ちゃん、電話だよ、久住くんから」

「はい」

複合機の前にいた私は、呼ばれてデスクに戻る。決算見通しの出力を確認しながら、受話器を肩に挟んだ。

「六条です」

《あれ、国内営業って内線、携帯じゃないんだっけ？》

「違うよ、固定電話。番号も人数分ないもの」

《俺この番号、お前の名前で登録してたわ》

「直しといてくださいな」

社内にもこのように国境がある。仕事が違えばインフラも違い、早い話が、新しいシステムや機器は海外部門に優先的に入り、国内部門は後回しなのだ。

「で、なあに？」
《登壇《とうだん》する特約店から、資料について要望が来てるんだ》
私たちが準備しているのは、『全国特約店会議』と呼ばれる一大イベントだ。二年に一度行われ、販売契約を結んでいる日本各地の特約店が一堂に会し、丸二日間を使ってマーケティングや広告宣伝の事例を共有する。もう十回以上続いている伝統行事で、準備することは膨大だ。
そして今回は初の試みとして、海外の特約店も招待することになったのだ。それに伴い、イベント名も『ワールド・ディストリビューターズ・ミーティング』略して『WDM』と世界規模かつ横文字になり、国内部門の不興を買っている。
海外も呼ぶべきだと言い出したのは国内営業のほうなのに、こんなことくらいでへそを曲げなくても、と私くらいの世代は正直、思う。
《てわけでさ、過去の資料と今回のフォーマット、用意できる？》
「できる……けど、資料のほうはちょっと時間が欲しい」
《どのくらい？》
私は、過去の資料をそのまま渡すことはできず、部外秘の箇所を消さなくてはならないこと。さらに修正後の内容も、作成元に承認をもらう必要があることを説明した。

久住くんは黙ってしまった。

《部外秘ったって、提携契約も結んだ相手だぜ。国内の特約店と同じ立場だ。秘密保持だって当然、契約に含まれてる》

「心理的部外秘って言ったほうが正しいかも。国内からすると、国外の特約店は〝知られてもいいが、教えたくない相手〟にあたるみたいで」

《……まあ、お前が言うなら、そうなんだろうな》

「ごめんね、神経質で」

バカバカしいと言いたいであろう、久住くんの感覚もわかる。

一緒に仕事をするようになって知った。国内と海外では、メーカーと特約店の力関係がまったく違う。海外の特約店は純然たるビジネスパートナーだ。対して国内の付き合いは、昔ながらの泥臭い仁義と義理と、製品を〝売ってくださっている〟特約店にへりくだらざるを得ない、メーカーの複雑な立ち位置で成り立っている。

《大変そう、というか、厄介そうだな》

「私ね、この会議に海外を呼ぶって言い出した人は、ここまでギャップがあるってことを知らなかったんだと思うの」

《誰が言い出したんだ？》

「うちの部」

《ご愁傷《しゅうしょう》さん》

心のこもっていないお悔やみをもらってから、受話器を置いた。

こういう具合に、微に入り細にわたって文化の違いが顔を覗かせる。部署間の確執も手伝って、濃い泥の中を胸まで浸かって歩いているような、一歩進むのにも途方もない労力と気力を必要とする状態なのだ。

「乃梨子ちゃんて、久住くんと仲いいよね」

「えっ？　いえっ、普通……でもなく、わりと、いい……か、な？」

「どしたの」

私のうろたえぶりに、幸枝さんが目を丸くした。

「すみません、なんでも」

「電話、ＷＤＭ関係？」

「あっ、そうなんです。過去のプレゼン資料で、すぐ渡せそうなものってあります？」

相談しながら、自分のごまかし下手に、ちょっと落ち込んだ。


「よ、今帰り？」

「あれっ」

駅に入ろうとしたところに、久住くんが追いついてきた。

今日は月に一度設定されている〝スーパー定時退社日〟なる日で、週一のゆるいノー残業デーと違い、委員が厳格に見回りをする。言い訳しながら居残るのも煩《わずら》わしいので、残りは家でやろうとさっさと退社してきた。

「追い出された？」

「いや、自主的に帰ってきた。ＰＣがあればどこでも仕事できるし」

考えることはみんな同じだ。

「定時退社と言われたところで、その日だけ仕事が少ないわけでもないのにね」

「それを言ったら俺たちなんて、朝九時に出社しなきゃいけない理由ってなんですかって毎日聞きたいぜ」

そうか、時差。フレックス勤務が認められているとはいえ、地球の裏側と仕事をしている彼らからしたら、二時間ぽっちずらしたところで焼け石に水だろう。

「こういう古くてでかい会社に、ルール変えろってのも酷なのはわかるけど、いつまでもこんなんじゃ人も流出するし、競争に勝てないぜ。まあそれは置いといて、メシどうする？」

並んで改札を通り、ホームへ向かう。もとから同じ路線とはいえ、あからさまに〝同じ家に帰る〟雰囲気だ。今朝の出勤も一緒だった。

一昨日の月曜の朝、つまり同居が始まってから最初の平日、時間をずらしもせず同時に家を出た久住くんに私はびっくりした。鍵も渡したし、てっきり別々に行くものと思っていたのだ。

『お前を彼女と思って生活する』というのは本気だったらしい。考えてみたら幸枝さんに対して、あんな必死にごまかす必要もなかったということか。

「久住くんさ」

「ん?」

「今、彼女いるのって聞かれたら、どう答える?」

「えっ?」

ホームの中ほどの定位置を目指して歩きながら、彼が振り返った。

「……いるよって答えるよ、そりゃ」

「それ誰、って聞かれたら?」

ちょっと戸惑った顔になり、片手をスラックスのポケットに入れる。

「誰に聞かれたかにもよるけど、まあ、お前って言うと思うよ」

やがて私がなにも言わないせいか、そわそわし出した。

「え、その質問、なに」

「ううん、ごはん、どうしようね」

「はぐらかしてるよな？」

「仕事するなら家で食べたほうがいいよね。作ってあげる、なにがいい？」

ホームに滑り込んできた電車が濡れている。数分の間に降り出したらしい。

久住くんの視線を無視して乗り込むと、彼も追及を諦めたようで、ため息とともについてくる。それからおもしろくなさそうに吐き捨てた。

「ハンバーグ」

小学生みたいな返事に、私は家に着くまで笑いが止まらなかった。


「いつまで笑ってんだよ」

玄関を入ったところにあるキッチンで、リクエスト通りの夕食を準備していたら、不機嫌な声が飛んできた。ボウルの中でひき肉をこねながら、ますます笑ってしまう。

「おい！」

「痛！」

いきなりお尻を叩かれて飛び上がった。

いつの間にかすぐ後ろに久住くんが立っていた。雨に打たれたためシャワーを浴びたところで、しっとりしたいい香りをさせている。

「仕事終わったの？」

「終わるわけねーだろ、水飲みに来たんだよ」

すっかりふてくされた様子で、冷蔵庫からペットボトルを出している。二リットルのボトルを直にあおろうとしたので、「久住くん」と諌《いさ》めると、「あ、悪い」と素直に水切りカゴからグラスを取った。

「ハンバーグ、チーズ入れる？」

「入れてって言ったら、また笑うんだろ？」

その答え方にもう、笑ってしまう。すねた子供だ。

「なにがそんなにおかしいんだよ」

「ごめん」

「調子乗りやがって」

料理に集中していた私は、仕返しの気配に気づくのが遅れた。

背中に忍び寄った手が、部屋着の上からさっとホックを外す。

「……ちょっと」

　空になったグラスがシンクに置かれた。Tシャツの裾から手が忍び込み、背後から抱きしめるように腕が回される。浮いた下着の中の素肌を、両手が柔らかくなで上げる。

「料理してる姿って、いいよな」

　耳に吹き込まれる湿った声。わざとらしくねっとりと首筋を這う、熱い舌と唇。声をあげそうになって、こらえた。

「痕《あと》つけていい？」

「いいわけないでしょ」

「聞いただけ」

　言うなり耳の後ろを強く吸われる。さすがに身体をよじって抵抗した。

「やめてったら」

「つけてねーよ」

　小馬鹿にするように舌を出してみせ、また噛みついてくる。

　ひき肉の入ったボウルに手を突っ込んだ間抜けな格好で、私はなすすべもない。

「ねえ、いい加減に」

「できあがったら呼んで」

しばらくしたら満足したのか、久住くんはぽいと私を放り出して部屋に戻ってしまった。平然とローテーブルでPCを叩き始める姿を、横目で睨む。

なんなのこれ。こんな、まるで本当に付き合っているみたいな。

汗ばんだこめかみを腕で拭った。

──私のこと好き？

たとえばそう聞いたら、彼はどう答えるんだろう。


「嫌いじゃねーよ」

「じゃあこれは」

CDのジャケットを渡しつつ、プレイヤーの曲を切り替える。

ベッドに並んで寝そべった久住くんが、「んー」と考え込んだ。

「嫌いじゃない」

「便利な言葉だね」

「ちょっと聴いただけで、好きかどうかなんて判断できないだろ」

まあね。

寝る前のひとときを利用して、ものの好みを把握し合う会を開いていたところだ。久住くんの好きなもの——ハンバーグ、ビール、ブラックコーヒー、スポーツおおむね全般、実家の犬、ひとつ下の弟。小説は読むと寝てしまう、音楽は好きなバンドがひとつふたつ、服は気に入ればブランド問わず、腕時計は就職祝いに父親からもらったタグ・ホイヤー。

それなりに情報を仕入れることができた気もするし、これだけで人のなにがわかるのという気もする。

「明日の定例会、俺、ちょっと遅れてくから」

「あ、そうなんだ。先輩は来てくれる？」

「向井《むかい》さんは時間通り行くよ、進めといて」

「了解」

電気を消そうと枕元のリモコンに手を伸ばすと、無防備になった身体に腕が巻きついてくる。キスをしながら部屋を暗くした。

〝おやすみ〟でも〝しよう〟でもない半端な唇の温度で、久住くんがこの先をどうするか決めかねているのがわかる。

「寝ようよ、遅いし」

「でも俺、日曜から出張だしさ」

「だしさ?」

「やり溜めしとこうかと」

「最低な発想だね」

窓から入る薄明かりの中で、彼が苦笑いした。

「こっちは切実なんだから、そう言うな」

吐息が触れるくらいの距離で、そんな言葉を交わしながら、お互いの身体が熱くなってきているのを意識せずにはいられない。

私は自分を、こういう方面には淡白な人間だと思ってきた。実際、もっとなんとかできないのかと相手から責められたこともあった。

それがいったい、どうしたことか。

早く眠りたい気持ちもあるんだろう、久住くんは布団の中で手早く私を裸にし、自身もシャツを脱いで抱きしめてきた。熱い素肌が、少しだけ急き気味に私を探る。

「六条」

「……なに?」

首筋にキスを降らせながら、また「六条」と呼ぶ。返事の代わりに、向こうの首に腕を回した。

こんなときに呼ぶって、どういうつもり？　一般的にはね、呼んだら『好きだよ』とかそういう言葉が続くんだよ、知ってる？

引き締まった背中が、私の手の中で汗ばんでくる。

その夜、久住くんは、かすれた声でささやくように「六条」と何度か呼んだ。私は呼ばれるたび身体の奥深くが、じわりと熱を持つのを感じた。

好き。

このくらいの歳になると、その言葉は使い勝手が悪くなってくる。

興味はある、尊敬している、かっこいいと思う、悪くない。

こんな感じの表現じゃないと、どうも気持ちにぴったりしない。

好き、なんて大きすぎて。曖昧《あいまい》すぎて、大ざっぱすぎて、まぶしすぎて、うかつに口にできない。

大人になるというのは、語彙《ごい》を広げた分だけ臆病になることを言うの、かもしれない。

好きでもなんでも

　非常に意外だった。

　久住くんは寝起きが悪い。

　必要な時刻には起きるものの、必要がない限り寝ている。

「ねえっ」

「いてっ」

　日曜日の、もうお昼も近い時刻。私がシャワーを浴びても掃除をしても洗濯をしても、ぴくりともせず枕を抱いている背中を、いい加減叩いた。

「今日から出張なんでしょ、寝てていいの」

「夜の便だし」

「シーツを洗いたいの、起きて」

　汚した責任を感じているのか、家主の言葉を尊重しているのか、渋々といった態度でベッドから下りてくる。

「コーヒー飲みたい」

「どうぞご自由に」

「入れて」

彼女にでも言ってもらえます？と返しかけて、いや私がそれなのか、と思い直した。どうも身に付かない。

「これ洗濯機にかけたら、入れてあげるから」

「お前、朝から元気だなあ」

「今日は天気がいいから、起きるって決めてたの。ていうかもう朝じゃないし」

「血圧高いんじゃねえの……」

寝足りなそうにぐらぐらしている頭を枕で叩いてから、シーツを剥《は》がし、新しいものに取り換えた。

洗い終えたシーツをベランダに干す頃には、太陽はもう真上に来ていた。素晴らしい秋晴れだ。二時間もあれば乾くだろう。

「六条って、おい」

「ん？」

部屋の中から、久住くんが顔を出した。シャワーを浴びていたらしく、バスタオルを腰に巻いている。

「インターホン鳴ってるんだけど、俺出たらまずいだろ?」

「なんだろ、宅配便じゃないかなあ?」

「じゃ、出とくわ」

「よろしく」とお願いして、一緒に洗ったタオルを干してから部屋に上がる。すると久住くんがインターホンの前で青くなっていた。

「どうしたの」

「……姉ちゃんだった」

「久住くん、お姉さんもいるの?」

「違う、お前の」

え、私のお姉ちゃん? って。

「うちの姉? が、来てるってこと?」

「そうだよ、今上がってくるって、やべ、俺、全然心の準備できてねえ」

「心の準備って」

「わかれよ」

「とりあえず、服着て、服」

「そうだった」と半裸の身体が慌ただしくバスルームに飛び込む。

私は急いでベッドを整え、室内に点在する久住くんの服や鞄などを拾ってクローゼットにしまった。なんとなく、一緒に暮らしている感を消す必要を感じたからだ。

「なあ、俺、どう振る舞えばいいんだ」

バスルームから焦った声がする。

「どうって、彼氏なんでしょ」

「いや、それでいいわけ？」

それでいいわけ、って。

「自分が言い出したんでしょ！」

「そうだけど、身内相手じゃ話が違うだろ。お前がいいなら、いいけど……」

洗面所の痕跡《こんせき》も消そうとバスルームを覗くと、察しのいい久住くんが、シェーバーと自分の歯ブラシを投げてよこした。

「日曜の昼間に髪を濡らした男が部屋にいて、彼氏じゃないほうが不健全だよ」

「そういえばそうか」

よほど慌てているらしく、ベルトを締めながら目が泳いでいる。まあ私も逆の立場なら、相当焦る。逆じゃなくても焦っているんだから。

最後の小物を隠したところで、玄関のチャイムが鳴った。

「あら－……あらら－」

舐《な》めるような視線を浴びて、久住くんは気の毒なほど居心地悪そうにしている。かろうじて足は崩しているものの、心情的には正座しているに違いない。

私は姉の正面に座りつつ、彼の前にコーヒーを、姉の前にはミルクティを置いた。「ありがと－」とにこにこしながら、小柄な姉が久住くんに向き直る。

「乃梨子の姉の、奈々子《ななこ》です」

「久住です、どうも」

「下のお名前は？」

「あ、賢児です」

「賢児くんかあ、かわいい」

かわいいか？

そんなに見ないであげて、とかばってあげたくなるくらい久住くんを眺め回してから、姉は満足そうに私に笑いかけた。

「いいねえ、素敵な彼氏！」

「それよりいきなりどうしたの」

「旦那さんに付き合って出てきたんだけど、向こうの用事が済むまですることなくて」

「お昼は済ませた？」

「一緒に食べようと思って買ってきた」

じゃん、と姉が出した箱には、デリの色鮮やかな惣菜が山ほど詰まっていた。

四歳上の姉は、何年も前に嫁いで郊外で専業主婦をしている。お相手は年上で、それはもう甘々で優しい、羨ましくなるような旦那さんだ。ふんわり開いたスカートやレースの似合う姉は、小さい頃から家庭的かつ社交的で、今の生活を心から楽しんでいる。

まったくタイプは違えど、私たちは昔から仲がよかった。——が、姉は時折、確信犯的に世間知らずを発揮することがある。今日みたいなのがそれだ。

「あのね、お姉ちゃん、何度も言うけど、来るときは事前にね」

「いっぱいあるから、賢児くんもどうぞ」

「あ、どうも……」

「聞きなさい！」

「リコちゃんに彼がいるなんて知らなかったよ、いつから付き合ってるの」

めげない。

「えーと……一カ月くらい？」

「えっ、そんな付き合いたてなの？　じゃあラブラブだ！」

「いや、それはどうだろう……」

テーブルの上を整える姉の見ていないところで、久住くんが目を合わせてくる。不自然な受け答えしてんじゃねえよ、とその目が言っていた。はい、すみません。

「ごめんね、ふたりでゆっくりしてたところにお邪魔して」

「いいよ」

平静に答えつつ、内心はひやひやものだ。シーツを替えておいて本当によかった。洗濯をしたこともあり、部屋の中はフレッシュな洗剤の香りで満ちている。

今朝も夢うつつの中、とろとろとまどろみながら抱き合ったばかりだ。室内にその名残がないことを、目を走らせて確認した。

「あらっ、もしかしてこれじゃ足りないかな」

「スープでも作るよ」

男の子がひとりいるだけで、消費量が違う。食事が進むうち、物足りなくなる予感がしてきたので、私は席を立った。久住くんが心細そうな目を向けてきたものの、仕方ない。いや正直に言えば、むしろ姉とふたりきりになって困っている姿を見たい。

キッチンで野菜を刻みながら、部屋の中をうかがってみる。予想通り彼は、質問攻めにあっていた。

「リコちゃんとはなに繋がりなの？」

「同期です、最近、仕事が一緒になって、それで」

「賢児くんはどんなお仕事してるの？」

「えーっと、俺は海外の取引先との契約を管理したり、先方に卸す製品の計画を立てたりする仕事をしてます」

「どっちから告白したの？」

「えっ？　告、というか、それは……」

姉の話題はあちらこちらに飛ぶので、慣れない人は振り回される。ちょうどそのあたりで、私はできあがったスープをトレイに載せて部屋に戻った。

久住くんが、きまり悪そうに私のほうを見る。

「……俺、です」

なんでよりによって今来るんだよバカ、と目で責められたので、当然狙ったんだよバカ、と目でせせら笑ってあげた。

「うわあー、そうなんだ」

「あの、こういう話、俺、あんまり」

「賢児くん、耳赤ーい、かわいい」

完全にペースを持っていかれている。もう顔を伏せる勢いで参ってしまっているのを見て満足し、飲み物に手を伸ばしたとき。

「リコちゃんのどこが好き？」

私はお茶を、久住くんはビーンズサラダを吹いた。

「あのさ、お姉ちゃん、もう」

「あっ、『全部』とかはダメね、ちゃんと一つひとつ挙げてね」

「なんでそんな無駄にお題出し慣れてるの」

顔を赤くした久住くんは、私と姉を交互に見て、なにか言いたげに口を開くものの、なにも出てこない。そりゃそうだ、好きでもなんでもないんだもの。

さすがにかわいそうになって助け舟を出そうとしたら、先に姉が口を開いた。

「この子ねえ、しっかりしすぎてるから、敬遠されちゃうんだよね」

うわっ、まさかの私の話か。

「ちょっと、お姉ちゃん」

「いつも男の子のほうがリコちゃんを持て余しちゃうの。理不尽だよね」

久住くんの目が、こちらをうかがってくる。私たちの関係が、そういう話を打ち明け合う段階には至っていないと、彼も感じているんだろう。

まあ、知られて困る話でもないし、別にいい。恥ずかしいけれど。

「やっぱり男の人って、頼られたいものなのかなあ。でもそれならリコちゃんじゃなくて、もっと甘えた子を選べばいいのにって、ずっと思ってたの」

眉をひそめて話す姉は、私が男の子とうまくいかなくなるたび、私より腹を立てて悲しんでくれた。気にしていないと言っても、『そんなの嘘！』と自分が泣いていた。いい姉なのだ。

「ね、賢児くんはどう思う」

「え」

「そういう男の人の気持ちも、わかる？」

久住くんが困っている。

「あ、ええっと」

姉の食い入るような視線を浴びながらフォークでサラダをつつく様子は、気の毒でもあり、けれど彼の返答に興味もあった。

「俺は、相手がしっかりしてても、気にならないので」

「たまには甘えてほしくなったりしない？」

「そりゃ、なりますけど」

なるんだ。意外にそういうところ、普通の男の人の感覚なんだな。

引き出し上手の姉に、もう少しいっちゃって、と心の中でエールを送る。

「でもそれは、六条じゃなくて、たぶん男の側の問題で」

姉が首をかしげた。

「男の側の問題って?」

難しい顔でテーブルを見つめていた久住くんは、やがて視線を上げ、ためらいがちな笑顔を見せた。

「結局、これまでの相手は単に、甘えさせるのが下手だっただけですよね」

私も姉も絶句した。姉の首から上が、じわじわと赤く染まってくる。

当の久住くんは、私たちの思いがけない反応に戸惑っていた。

「あの」

「そ、そっか、えーと、賢児くん、リコちゃんをよろしくお願いします」

「あ、はあ……?」

トマトみたいになった姉に頭を下げられ、つられてお辞儀しながらも、不思議そうに目を瞬かせている。

彼はあくまで私の過去の男について分析しただけの気でいるけれど、聞いた姉からしたら、あれは現カレである久住くんの、雄としての勝ち宣言に近い。つまり、『俺なら大丈夫です』『甘えさせてみせます』と言ったことになるわけだ。私からすれば、彼氏が姉に向かってのろけたようなもの。

三者三様に恥ずかしく、わかっていないのは久住くんだけ。彼は自分がなにを言ったのか理解しないまま、ひとりぽかんとしていた。

一時間ほどたった頃、旦那さんから連絡が来て、姉は去っていった。

すっかり消耗したらしい久住くんは、ベッドに突っ伏して伸びている。

「お疲れ様」

「マジお疲れ、俺」

「自分でまいた種でしょ」

「だってお前が宅配便とか言うから」

「え、そこなの？」

そばに腰かけると、彼が顔だけをこちらに向ける。

「ほかにどこがあるんだ？」

「記憶なくしちゃったの？」

私の棘《とげ》のある言い方に、なんのことか思い当たったらしい。

「あー……」

「あーじゃなくて」

「でもそれは、お前がいまだにノーと言わないからであって、ここまで来たら連帯責任だよな、もう？」

ちょっと待ってよー。なにひとりで、変な消化の仕方してるのよ。

連帯責任なんて言葉が出てくる時点で、すでに普通のお付き合いではない。その意識は果たして、彼にあるのか。

「姉ちゃん、全然似てないのな」

「そうなんだよね、久住くんの弟さんは？」

「似てない。背なんか俺よりでかくて、こんな」

へえ！

「モデルとかできそうな感じだよ。なんであいつあんなイケメンなの？」

「私に聞かれても」

「親父に似たからかなー」

久住くんが、言いながらふわっと小さくあくびをした。そういえば、寝ていたところを叩き起こしたんだった。

「何時に出るの、起こしてあげるよ」

「七時」

「荷造りは?」

「もう空港に送っちゃったから、大丈夫」

さすが旅慣れている。

こうしている間にも、どんどん声が眠そうになってくる。多忙な中、慣れない環境で疲れているのかもしれない。

頭をなでてあげると、その手を引き寄せられて、気づいたら向こうの腕の中にいた。

「これじゃ私も寝ちゃうよ」

「いいじゃん、一緒に昼寝しようぜ」

「寝過ごしても知らないよ?」

心配をよそに、久住くんは目を閉じて、もう寝る寸前だ。念のためアラームをセットして、私も身体の力を抜いた。

清潔なシーツと、暑くも寒くもない、ちょうどいい気温。

さらさらした肌に、久住くんのぬくもり。

窓から差し込む午後の光。

なんだろう、これ。

「空港かあ」

「来れば？」

ぽつりと呟いた独り言に、思いがけず反応があったので驚いた。久住くんが目を開けている。

「どのみち俺、晩メシ空港で済ますつもりだったし。早めに出て一緒に食おうぜ」

「え、それで私、ひとりで帰ってくるの？」

「見送りって、そういうもんだろ」

別に見送ろうと思ったわけじゃない。単に、あまり行ったことがないから、興味が湧いただけで。

弁解する暇もくれず、久住くんはよしよしと私の頭をなでて「六時に出ような」と勝手に約束したと思ったら寝てしまった。安らかな寝息が、私の髪をくすぐる。

久住くんて、私の気持ちをどう解釈しているんだろう。

おかしなスタートを切ってから現在に至るまで、私たちは自分たちのことについて、腹を割って話し合ったことがない。

私のどこが好き？　そもそも、好き？

〝嫌いじゃない〟と〝好き〟の間には、途方もない距離がある。それくらい知っているくせに、ノーと言わないのをイエスと言ったことにしてしまう。

矛盾しているよ。

確信犯なの？　それとも人の気持ちに鈍いだけ？

どちらにせよ勝手だ。

その勝手な男が寝返りを打って、仰向けになった。腕を動かしたそうにしているので、頭を浮かせて解放してあげると、楽になったのか、ふうと息をつく。

少しの間、枕に頬杖をついて寝顔を眺めていたら、ふいにその腕がなにかを探すように動き、私を見つけて抱き寄せた。抵抗もできないくらいの強い力で。Tシャツに押しつけられた顔が、彼の呼吸と一緒に上下する。

窓の外で、鳩の鳴き声がする。

肩を抱く温かい手。

どうしよう、と途方に暮れた。

これ、幸せだ。

明日の早朝に到着したらすぐに仕事なのだそうで、スーツで飛行機に乗るらしい。聞いただけでくたびれる。

出国ゲートの前での別れ際、久住くんはバイバイと手を振ろうとした私の顎に指をかけ、くいと上を向かせて唇を合わせた。

「気障《きざ》」

「それっぽいだろ？」

にやっと笑って、ゲートに向かう。

「気をつけてね」

「サンキュ」

ビジネスバッグひとつだけの身軽な姿が、あっさりと壁の向こうに消えた後も、その場に佇んでしばらく見守った。

それっぽい、ね。確かに。別れを惜しむ恋人たちってところか。

「やっぱり詐欺アイテムだなあ」

私鉄の駅に直結している階を目指しながら、ひとりごちる。

スーツはずるい。私に叩き起こされるまでゴロゴロし、姉に遊ばれて赤くなっていた人とは思えない。

店員さんに追加のコーヒーをオーダーしたり、手に持ったフォークをちょっと止めて話し出したり、そんな些細《ささい》な仕草がいちいち様になって、これから戦線に出る男の人特有の、緊張感と高揚をまとっていた。

そういうときの久住くんは、気を抜くと見とれてしまいそうになる。

全部スーツのせいだ。もしくは私はいよいよどうかしてしまったのだ。

たった三泊の出張くらいで。

早く帰ってきて、と口走りそうになるなんて。

どうしちゃったの

思うに、久住くんは根が真面目なのだ。

だから『彼女と思って生活する』と言った以上は、そのように振る舞う。それはもう、過剰なんじゃないかというくらいに。

一方の私は、いまだに自分のスタンスを決められずにいる。

「六条さん、久住と会ったりする？」

「えっ？　え、あ、会うって？」

廊下で呼び止められ、動転した。

呼び止めたのは吾川《あがわ》くんという同期だ。フロアが同じで、仕事でも交流がある。

「あれ、ＷＤＭの仕事、一緒にやってるんじゃなかったっけ」

……もう私、知られたがっているとしか思えない。いや、そもそも知られたって別にいいんだった。しっかりしよう。

「久住に頼みごとしてたんだけど、捕まらなくてさ」

「今、海外出張中だよ」

「あっ、そうなの？　それじゃ仕方ないか」

中性的で優しげな、久住くんとは違った方向に整った容姿の吾川くんは、巨額の予算を扱う最前線の部署、宣伝課にいるだけあって、言動には迷いがなく、人気もある。

「たぶん仕事でやりとりするけど、なにか伝えようか？」

「頼める？　俺が探してたって言えば通じるから」

「了解」

とりあえず、不審に思われずに済んだようでホッとした。


【やべー、忘れてた】

昼休み、デスクでパンを食べながら久住くんに連絡を取ってみたら、そんなメッセージが返ってきた。

【仕事の話？】

【いや、合コン】

おい。

思わず返信を打つ手が止まる。少しの間の後、向こうから打ってきた。

【俺が出るんじゃないからな？】

【聞いてないよ】

【幹事できる女を紹介しろって言われてて】

【聞いてないって】

【聞けよ】

【別に出てくれてもいいし】

【言っとくが、そういうのは、しっかりしてるって言わないからな】

ぎくっとした。既読にしてしまったからには、なにか返事をしないとまずいのに、うまい切り返しも新しい話題も浮かばない。

【でも本音だし】

【本音でも言うな】

この流れ、嫌だ。きっとどこかで出るだろう、聞き飽きたあのフレーズ。

〝かわいくない〟

もういいや、と携帯を置いて、パンを片手に月次の販売実績をまとめる作業に戻った。これのおかげで外に食べに出ることができなかったのだ。WDM以外にも、仕事は山ほどある。

すぐに机の上で携帯が振動した。見たくないメッセージが待っていそうで、反射的に無視を決め込み、仕事を続けたものの、なぜかいつまでたっても止まらない。慌てて確認したら着信だった。
「……はい？」
《シカトしてんじゃねーよ、なんか言え》
別件の急用だったらと思って出たのに、まさかの続きだった。不機嫌な声が、理不尽にさえ思える。
「言えとか言うなとか、どっちなの」
《屁理屈こねるな》
「仕事中なんだけど」
《昼休みだろ》
「食べながら仕事してるの！」
さっきまでメッセージを送り合っていながら言う台詞じゃないなと思った。それでも一応、事実だ。
「だいたい、なんの電話なの、これ」
《変なところで会話切られるの、嫌なんだよ、俺》
「変じゃなかったでしょ、別に」

《嘘つけ、わだかまり残す気満々だったろ》

うっ、鋭い。これはその場しのぎの言い逃れではごまかされてくれないと感じ、仕方なく仕事の手を止めた。

「いいよ合コンくらい、好きにして」

《だから言うなっての、そういうこと》

「どうしてよ」

ああ、結局自分から水を向けてしまった。どんなに慣れたつもりでも、やっぱり聞きたくない言葉。それを覚悟して、無意識に胸のあたりに手をやったとき。

《俺が傷つく》

ふてくされたような声が、そう言った。

耳元で聞こえたその声が、脳内でこだまする。

「バ……」

バカじゃないの。

そう言ってやりたかったのに、声が続かなかった。

胸に置いた手に、伝わってくる鼓動。

なにを言っているの、この人。バカなんじゃないの、ほんと。

私たち、便宜上のお付き合いなんだよ、覚えてる？　いい彼氏のふりをしすぎて、役から抜けられなくなっちゃったの？　それとも今のも〝ふり〟なの。

急に室温が上がったような気がする。顔が熱くなって、たまらずデスクの上のお茶に手を伸ばした。

いつの間にか、会話にだいぶ空白ができていた。今さらと思いつつ『なに言ってるのよ』なんて茶化そうとしたものの、出てきたのはまったく違う言葉。

「じゃ……言わないようにする」

《……そうして》

「ほんとに出ないんだよね？」

《出ねえよ、このクソ忙しいのに》

「暇なら、出てた？」

一瞬の間。

《お前が嫌なら、出ない》

「駆け引きでも始める気？」

久住くんが吹き出した。

こういうとき携帯って、向こうの口とこちらの耳が、近すぎてくすぐったい。

《なかなか本音を言えないみたいだから、言わせてやろうかなと思ってさ》
「優しいね」
《だろ?》
「すごく嫌。絶対出ないで。これでいい?」
楽しげな笑い声が聞こえる。
《悪くない》
なんだ、さっきまでへそ曲げていたくせに、偉そうに。
「仕事、頑張ってね」
《サンキュ、木曜の朝そっち着くから、そのまま定例会に出るよ》
「待ってる」
《ん》
「………」
お互い、最後のひと言を見つけ損ねたような間が空いた。なにか言いかけては、向こうが話し出すのではと待ってしまう。気配を嗅ぎ合うような沈黙に戸惑い、懸命に言葉を探した。
「えーと、それじゃあね」

《ん？　ああ、また連絡する》

じゃあ、とかなんとか繕って、とにかくその場を終わらせた。

知らないうちに緊張していたらしく、手に冷たい汗をかいている。熱を持った携帯を握りしめ、震える息をついた。

なんだろう。今の〝間〟はなにか、危なかった。

恥を忍んで白状するなら、『好きだよ』とか言われるような気がした。いったいどうしてそんなバカなことを考えたんだろう。

だってその前のやりとりが、まるで本当の恋人同士みたいで。途中から、久住くんの声が急に親しげに、甘くなったように聞こえて。沈黙の中に彼の吐息を感じた気がして。

『待ってる』なんて、なにを思って言ったのか。

周囲に人がいないのを幸い、顔を覆って天井を仰いだ。

あんなことくらいで、海外から電話なんてしてこないでよ。しばらく聞くことはできないと覚悟していた声が、いきなり聞こえてくるのって心臓に悪い。

ああもう、なにが起こっているんだろう。

どうしちゃったの、私。

マンションに帰った瞬間、部屋に残る久住くんのにおいにぎくっとした。

特に禁止しなかったにもかかわらず、彼はここでは煙草を吸わない。どうしても吸いたいときには近所の喫茶店に行っていた。

この一週間ちょっとの間に、帰ってからもシャワーを浴びるくせがついた。それは毎晩のように久住くんに抱かれるからであり、そういうときの彼が、すごく丁寧に全身に触れてくるからである。

お互いの存在に慣れてきてからも、それが雑になることはなかった。わざと意地悪をしたり、奇襲《きしゅう》をかけてきたりすることはあっても、基本的には久住くんの愛し方は、きめ細やかで手抜きがない。

もとからそうなんだろうか。それとも私がそうされたいと思っているのを、感じ取っているんだろうか。

一番強く彼の気配が残っているのは、やっぱりベッドだ。

枕に頭を乗せると、強烈にそれを感じて、どうにも眠りづらくて弱った。

＊　＊　＊

「えっ、海外赴任ですか」

「そうなんです、なのでこの業務も、久住がメインで動くことになります」

木曜日、定例会の冒頭で向井さんが申し訳なさそうに言った。三週間後にはシンガポールに引っ越すらしい。

「後任の方は？」

「まだ決まっていないんです。転出の一週間前には入るはずなんですが」

じゃあそれまで、海外営業でＷＤＭの担当をするのは、久住くんひとりになるということか。通常業務だけでも忙しいだろうに、大丈夫なんだろうか。

そしてその久住くんはまだ現れない。昨日から続く強風の影響で飛行機の到着が遅れ、さらに空港から都内に戻る足も運休やら遅延やらが多発しているらしい。――と朝のうちに連絡が来た。

「やっぱりみなさん、駐在の経験をされるものなんですか」

「そうですね、それが正しいかどうかは置いておいて、駐在に出てやっと一人前という考え方も根強いですし」

幸枝さんが資料を配りながら「なるほど」と頷く。

すると向井さんのＰＣから、ぽんとメッセージ受信を伝える音がした。

「あ、欧州のプレゼン資料が準備できたみたいです」

「早い、第一号ですね」

「サイズが大きいので、課の人にダウンロードを頼んであったんです。今すぐ見たいですよね？　ちょっと取ってきます」

「私、行きます」

唯一の海外営業側である向井さんがいなくなってしまったら、会議が進まない。私は名乗りを上げて、会議室を後にした。

七階にある海外営業本部のフロアは、行き来する用事もなければ、異動による人の交流もほぼない。私に限らず、ここに足を踏み入れたことのある国内営業の人間は少ないだろう。

書類やファイルが山積みの国内フロアと違い、どこも整然と片づいている。

入り口に掲示してある案内図を見て、営業部企画課を目指した。

「なんだ、久住さんいなかったよ」

近くまで来たとき、すれ違った女の子たちの、そんな会話が聞こえた。

「せっかく企画課に用ができたのにね」

「先に電話入れればよかった！」

二、三年下くらいだろう。明るい色の服を身に着けた、かわいい子ふたり。
「どうせ親切なクール対応されるだけなんだけどね」

「誰と仲いいのかな、飲み会設定してもらおうよ」

「忙しくて、呼んでも来ないって噂だよ」

「えーっ」

じゃれ合いながら去っていく背中を、思わず振り返って見送った。

へえ、信頼されているだろうなとは思っていたけれど、ああいう人気もあるんだ。

「すみません、向井さんのお席ってこちらですか」

「あっ、国内の方？」

企画課に不在のデスクがあったので、ここかなと思って聞いたら、隣の席の男性がすぐに反応してくれた。三十代半ばくらいの方だ。

「はい、営業企画の六条といいます」

「向井から聞いてます。ちなみにそこは久住の席、向井はその隣だよ。ＵＳＢメモリ置いておいたから」

ここ、久住くんの席か。ほとんど物の出ていない片づいたデスク。

ＵＳＢメモリを預かり、私は隣の方にもう一度会釈してその場を離れた。にこっと気持ちよく微笑み返してくれる。

これが逆の立場だとして、国内営業にいきなりやってきた海外営業員に、こんなふうに感じよく接することのできる人が、どれだけいるだろうか。見習うところがたくさんあるなあ、と感銘《かんめい》を受けた。

「腹減りすぎて、なにが食いたいかわからない」

会社近くのイタリアンレストランで力なく言うのは、久住くんだ。

お昼近くなってからようやくやってきた彼は、くたびれた様子で『申し訳ありませ
ん』と恐縮しながら会議室に顔を見せた。空港から会社までの足に、相当苦労したら
しい。ねぎらう目的もあって、すぐランチタイムとなった。

団体用のソファ席に全員が収まり、私の隣が久住くんだ。

「帰国してから食べてないの？」

「タイミングなくてさ」

向かいに座った幸枝さんが「じゃ、シェア方式にしよう」と提案してくれる。

「適当に頼むから、好きに食べなよ」

「助かります」

久住くんは、ふうと息をつき、煙草を取り出した。この定例会の参加者たちは、奇跡のように喫煙率が高く、吸わないのは私と、購買部の男性だけ。

夜を機内で過ごし、着くなり出社で疲れているんだろう、俯いて煙を吐き出す横顔は、どこも見ていないように見える。

テーブルにフードが並び始めても、久住くんは煙草をふかすばかりで手をつけようとしなかった。

「取ろうか？」

「いや、いいよ、サンキュ」

みんなすごい勢いだから、出遅れたらなくなってしまう。私は自分の分を取る傍ら、彼の分も取り分けておくことにした。

ふと久住くんが、スーツの内ポケットからなにかを取り出して私によこした。

テーブルの陰で、握り拳を押しつけるようにして渡されたそれは、布でできたかわいらしい花がついたキーホルダーだった。

「みやげ」

「え……」

揺らすと金色の小さな鈴が、遠慮がちにチリ、と鳴る。かわいい。

「嬉しい、ありがとう、わざわざ」

「世話になってるし」

久住くんがちらっとこちらを見て、照れくさそうに微笑んだ。

ほかのメンバーは食事に夢中で、私たちのやりとりに注意を払う人はいない。

膝の上にキーホルダーを置いて、こっそり、じっくり眺めた。

この花、絹かな。あっ、タイシルクか。すごい、本当に嬉しい。

「家の鍵につける」

「お前、なんか男らしいのつけてるもんな」

「…………」

今つけているキーホルダーには、なにもぶら下がっていない。もとは姉のおみやげの革の飾りがついていたのだけれど、あるときちぎれてしまって以来、金具とチェーンだけをぶらぶらさせているのだ。あんな殺伐《さつばつ》としたものを見られていたとは。

「そろそろ食べられそう？」

「ん……」

煙草も終わる頃かなと思い、取り分けておいたお皿を彼のほうに移した。久住くんは生返事だ。

疲れすぎて食べる気力もないのかと心配になりかけたとき、ぎくっと身体が震えた。手を握られたからだ。テーブルの下で、誰からも見えないように。

「久住く……」

黙らせるように、握る力が強まった。

平静を装うのに苦労した。

久住くんは頬杖をついて、短くなった煙草を吸っている。私の視線に気づいているはずなのに、こちらを見ない。平然と横顔を向ける彼の、手は燃えるように熱い。

やがて細いため息が聞こえ、煙草を持った手に額を押しつけるように、久住くんが俯いた。その目が一瞬だけ動き、私を捉える。

火照《ほて》って切羽詰まった目。

露骨すぎるほどに伝わってくる、むき出しの欲望。

一瞬で体温が上がった。繋がった手と手の間で、お互いの鼓動が混ざる。

「俺、どうしちまったんだろ……」

手の陰で、彼が困惑したように呟いたとき、私もまさに自分について、同じことを考えていた。

揺さぶるもの

その夜はひどかった。

甘いささやきも入念な準備もなく、焦れて疼《うず》く欲望をぶつけ合う、ただそれだけの行為となった。

夕方から吹き荒れ始めた風雨が、調子を合わせるように激しく窓を叩く。

汗だくで、息を切らして、それでも相手を貪る。あの久住くんが、口をきく余裕もなくして、ひたすら私を掻き抱く。

荒い吐息と、昂《たかぶ》る瞳と、濡れた背中。

しがみついて、意識を失わないようにしているのが精一杯だった。

私たちはいったい、どうなってしまったんだろう。

＊　＊　＊

「六条、お前も外？」

昼休み、なかなか来ないエレベーターを待っていたら、横手の階段から声をかけられた。久住くんだ。

「うん、いい天気だから」

「じゃあ、俺らと一緒に食おうよ」

久住くんの後ろから陽気な笑顔を見せたのは、吾川くん。

階段のほうが早い、とふたりに連れ出され、五階分を下りきる頃には、私は目が回ってひいひい言っていた。

「少し痩せたろ、よかったな」

「六条さん、もとから細いじゃん」

「俺もそう言ってんだけど、こいつがさ」

すかさずスーツの後ろから手を入れて、腰のあたりをつねってやる。

「いっ……」

「吾川くん、この間の件て解決した？」

「うん、したした、ありがとう」

恨みがましい視線は無視。付き合いを公にしていない以上は、余計なことを言わないでいただきたい。

「ついでに六条さん、こいつにも参加するよう言ってよ」

「えっ？」

「あ、頼んでた件て、合コンなんだけどね」

中華食堂に腰を落ち着けたところで、吾川くんがにこにこと続ける。

「うん、聞いてる」

「俺、幹事だからさ、それなりにいいの連れてかないと女の子に悪いじゃん」

「久住くんて〝いいの〟なの？」

「え、六条さんはいいと思わないの？」

水を注ぐのに集中しているふりをしてやり過ごした。

対面のふたりにグラスを配ると、受け取った久住くんが満足げにちらっと笑う。私が困っているのを楽しんでいる。こんなに早く仕返しの機会を与えてしまったのが悔しい。

「俺的には、久住は合コンメンツとしては七十五点だな」

「なんだその微妙な点数」

「だってお前、盛り上げないだろ。第一印象には貢献するけど、その後がマイペースすぎるから減点」

不本意な評価だったようで、本人は「あっそ」と不機嫌に水を飲んでいる。

「ほら、そーいうとこ。協調性ないんだよ久住は」

「なんで合コンに協調性がいるんだよ」

「お前、合コンはチームワークなんだからな！　ひとりに勝手されたら残りが迷惑するんだよ」

隣のテーブルの女性三人組が、ひそひそしながらこちらを見ていることに、残念ながらふたりは気づいていない。

「そりゃ負け犬のロジックだろ」

「じゃあ久住、お前は合コンの極意をなんと心得てるわけ」

「極意もなにも、気に入った子口説き落として終わりだろ」

「甘い」

ちっちっと人差し指を振って、吾川くんは宣言した。

「全員の満足度を最大限高め、『またこの幹事にセッティングを任せたい』と思われてこそ、成功した合コンと言える」

「先食っててい い？」

「これテストに出るからな！」

久住くんはお箸箱から二膳取り、ひとつを私に渡して食べ始めた。

「要するに吾川は、合コンそのものが好きなんだろ、女目当てじゃなくて」

「久住は違うの？」

「当たり前だろ、出なくて済むなら出ねーよ、あんな疲れるもの」

「またそうやってクールぶって」

「絶対俺のほうが多数派」

「じゃあなにを目的に出てたのさ」

「そりゃ、手っ取り早く女の子持ち帰っ……」

私の視線に気づいたらしい。お箸を宙に浮かせたまま、言葉を途中で切る。

「……あー」

「なんだよ」

「なんでもねーよ、さっさと食え」

「なんだよ」としつこい吾川くんを腕で押しのけて、その後は黙々と食べていた。

「俺が運営会議に？」

食堂の片隅のカフェスペースで、久住くんが聞き返してきた。テーブルの上には、呼び出したお詫びにとご馳走したコーヒーが載っている。

「そう、毎回じゃなくてもいいんだけど、出てもらえないかと思って」

運営会議は、社内の担当者と広告代理店さんが集まって、ＷＤＭの運営に関して話し合う場だ。進行内容から案内状の文面、当日のスタッフ配置まですべてがここで決められる。

「しばらく向井さんの後任が来ないって聞いたから、少ない人数でも回せる方法を課で話し合ったの。反則技なのは承知なんだけど、代理店さんと直接やりとりしてほしいんだ」

「なるほど。国内でとりまとめをするより早いってことだな」

さすが久住くん、察しがいい。

「その代理店て、昔からやってんの？」

「うん、ずっと担当してくれてる」

「じゃ、ノウハウも持ってるし、現場の空気も知ってると」

「担当営業さんもずっと同じ人だから、入れ替わりの激しい私たちのほうが教わりながらやってるくらい」

久住くんが私を見て、ひとつ頷いた。

「オーケー。やりとりには国内営業を入れるようにするから、必ず目を通してくれ。いきなり手を離されたら、さすがに迷子になる」

「もちろんそのつもり。メールは私と幸枝さんを入れて」

「運営会議ってのはいつなんだ?」

「いつもの定例会の翌日なの、つまり今日」

定例会で出た課題を持ち寄り、解決策を話し合い、次週の予定を立てるのに、そのサイクルがちょうどいいのだ。

「でも午前中に済んじゃったから、来週からだね。もし急な打ち合わせが発生したら呼ぶよ、顔合わせだけでも早めにしたいし」

「頼む。俺、来週はほぼ席にいるから」

「ありがとう」

よかった、忙しくて受けてもらえない可能性も考えていた。

一緒に仕事をしているとはいえ、今回は私たち国内が海外営業に対して協力をお願いしている形だ。久住くんたちからすれば、海外事業のかの字も理解していないような素人からいきなり声をかけられ、やってみたらみたでやっぱり穴だらけで、当初の想定よりかなり負荷が増しているはず。

「後任をつけられなくて悪いな、うちも人手が足りなくて」

「ううん、仕方ないもの、気にしないで」

「海外営業がＷＤＭに対して真剣じゃないって、国内で受け取られないか懸念してるんだ。そのことでお前たちが責められるんじゃないかって」

「え……」

「どうも、国内営業ってそういう理不尽、本当にありそうだからさ」

そう言って気遣わしげに顔を曇らせる。

「もしなにか言われるようなら、俺、海外営業がどういう事情で人員を割けないのか、説明に行くぜ。俺でダメなら課長も行くって言ってくれてる」

私、そこまで国内営業の内部事情を、話したことがあっただろうか。

久住くんの読みは鋭い。海外営業側の担当が減ったという情報だけが独り歩きし、ほら見ろどうせあいつらは、という声が聞こえてきているのは確かだ。

久住くんたちがいかに真摯《しんし》に取り組んでくれているか、定例会に出ているメンバー以外は知らない。説明しても聞く耳を持たない人も多い。けれどそんな恥ずべき実態を、見せたつもりはなかったのに。

久住くんは感じ取っていたのだ。そして板挟みの私たちを心配してくれていた。

「ありがとう。でも大丈夫、私たちでなんとかするから」

「そうか?」

かなわないなあ、と思いながら、安心してほしくて頷いた。

「あっ、久住さん、お帰りなさい!」

そこに突然、かわいらしい声が飛び込んできた。

何事かと思ったら、昨日見た女の子が駆け寄ってくるところだった。久住くんが不在で、がっかりしていたふたり連れのうちのひとり。テイクアウトのコーヒーカップを両手で持って、嬉しそうに久住くんに話しかける。

「どうでした、シンガポール?」

「一瞬しか滞在できなくて、ほぼ素通りだったよ」

抑えた愛想のよさで応じる久住くんは、私の知っている彼ではなく、年下の女の子を相手にするモードに入っていた。つまり、とても扱い慣れていた。

「でも教えてくれた店は行けたよ。あんないいとこで食ってたの?」

「いいえ、ホストペアレンツが記念日に使ったりする、お気に入りのお店で」

「なるほどね。自分持ちだったら入るのやめてたくらい豪華だった」

「私もずっと行きたかったんです、どうでした?」

「うまかったよ、さすがのクオリティで、あ、そうだ」

そこで思い出したように、内ポケットからカードケースを取り出す。

「これあげる、店の名刺」

厚手の艶《つや》やかなカードを受け取り、女の子が頬をピンクに染めた。

「あ、ありがとうございます」

「またいいとこあったら教えて」

「はい！」

ポニーテールがちぎれそうな勢いで頭を下げ、走って食堂を出ていく。

私の視線に気づいているであろう久住くんは、どこ吹く風でコーヒーをすってから、ふいに携帯の背中をこちらに向けた。カシャ、という音がする。

「ちょっと」

「お前、自分で見てみろ、その顔」

「いいよ」

無理やり見せられた画面の中の私は、明らかにつまらなそうな顔をしていた。

「消してよ」

「お前が反省したらな」

「反省って」

「昼メシのときだって、露骨におっかない顔しやがって。なんなんだよ、俺が言い訳しないとならないのか？」

「おっかない顔なんてしてない」

言い返したものの、「してた」と断定され、あっさり自信がなくなる。

「やましいから、そう見えたんじゃないの」

「俺がなにをやましく思うんだ」

「なにが『彼女でもない女の子と寝るのは主義じゃない』よ、散々お持ち帰りして遊んでたんじゃない」

「ほらな、絶対そこついてくると思ったよ」

呆れ声で言われ、当たり前でしょ、と腹が立った。

「自分が開き直ってるだけってわかってる？」

「そっちこそ、〝散々〟とか悪意のある誇張《こちょう》してんじゃねーよ」

「一度きりって感じにも聞こえなかったけど」

「昔の話」

「答えになってない」

「……まあ、三、四回は」

それは私の基準だと、けっこうな回数なんですけどね。

いい加減、分が悪いのを認めたのか、久住くんが黙った。ふてくされた顔で、また窓の外に目をやってしまう。

ねえ、その態度はどういう意味なの。追及の隙を与えたのがおもしろくないの？　ヤキモチを焼かれているみたいで面倒なの？　それとも、単なる契約みたいなこの関係で、そんなところいちいち気にするなって言いたいの？

「……昔って、いつ頃のこと？」

「すげー前だよ、入社したばかりの頃」

四年前ってことか。確かに〝昔の話〟なのかもしれない。

「俺、学生時代とか調子乗ってたから。でも本当にもうそういう遊びはしてない」

バツが悪そうにしながらも、理解を求めるような目で私を見る。その視線に、今度はこちらが戸惑ってしまう。

「別に、私にそんなこと、言わなくたって……」

「そりゃないだろ、黙ってりゃ勘ぐるくせに、説明聞く気もないのか」

久住くんて、どうしてこう正しいんだろう。顔が熱くなって、なにも言えず俯いた。

ふいにテーブルの上で、手首を掴まれた。

「そんな顔するな」

ハッとして顔を上げた。困ったように眉をひそめ、私を覗き込む瞳。

私、どんな顔をしている？

「俺、お前に嘘なんかついてないぜ」

動揺したのは伝わってしまっただろうか。こくこくと頷いた私を、久住くんは少しの間見つめ、「信じろよ？」と念を押した。

この食堂は、打ち合わせ場所としても使われる。そのことを思い出したらしく、彼は私の手を離し、きまり悪そうに周囲を目で探った。

手首に残る、彼の体温。

うん、信じる。久住くんの言葉に嘘はない、それは信じるよ。

でもそこじゃないの。

どこって聞かないでね、もう少し目をそらしていたいから。

とりあえず今、私を揺さぶっているのは、そこじゃない。


夜中に目を覚ました。

ここは駅前のメインストリートから少し外れた住宅地で、街の明かりも届かない。家具の陰影がうっすら見えるだけの部屋の中、水を飲もうとキッチンへ立った。

「どした？」

再びベッドに潜り込んだとき、久住くんが気配に気づいた。こちらに身体を向けて、私を懐に入れてくれる。

「ちょっと喉が渇いただけ」

「眠れないの？」

喉が渇いただけって言っているのに。

私がなかなか寝つけずにいたことに気づいていたんだろう。抱き寄せた頭をなでながら、眠そうな声で笑った。

「エッチしないと眠れない身体になっちゃったんだな、かわいそうに」

「下品……」

呆れて息をつく私を覗き込むようにして、唇に柔らかいキスをくれる。

彼の言う意味とは違うけれど、眠れなかった原因は、確かにしなかったことにあるかもしれない。

どうして今日、しなかったの？　聞いたってはぐらかされるだけだろう。

時間が合わなかったり、次の日の朝が早かったり、そういう明確な事情がない限り、当たり前のように抱き合っていたのに。どうしてか今日、久住くんは私を抱こうとしなかった。

そんなこと考えもしていません、みたいな涼しい顔でさっさと寝てしまった。そのくせ冷たいわけでも距離を置くわけでもなく、態度だけはこんなふうに甘い。

すぐに寝息をたて始めた久住くんの腕の中で、私はそれからも長いこと、眠りが訪れるのを待ち続けた。

＊　＊　＊

「お前のとこ、家賃どのくらい？」

「管理費込みで九万一千円」

「けっこうするなあ」

「下のほうの階だともう少し安かったと思う」

「……同じマンションに住むってのもな」

まあ、そうだよね。

土曜日、久住くんは新しい部屋を探すと言って、不動産屋巡りに出かけた。暇なら付き合ってと言われ、暇だったので同行している。

同じ路線上で、生活に便利そうな駅をいくつか選び、不動産屋を見つけてはドアを叩く、の繰り返し。いくつか目星をつけた中で、すぐに内覧できる部屋に来てみた。外観はいくぶん年季が入っているものの、中は明るく清潔な1Kだ。

「使いやすそうだね」

「そうだな」

あちこち開けたり閉めたりしていたら、同い年くらいの不動産屋の営業さんが、どういう判断をしたのか私のほうに「いかがですか？」と聞いてきた。

「収納も多くて、いいと思います」

「お荷物は多いですか？」

「いや、まあ、私の部屋じゃないので」

「彼女さんのご意見も大事ですよ、ねえ」

「えっ？」

振られた久住くんが振り返る。

「このマンションは女性にご好評いただくんですよ、洗面台も独立ですし、作り付けの姿見があったり」

「へえ」

久住くんは彼らしく慎重に、軽率な賛同を避けて聞いている。やがて感触を得たふうに頷きながら、「どうも」と営業さんに帰る意思を伝えた。

「場所がなあ」

店舗に戻る道すがら、デニムのポケットに片手を入れて、周囲を見回している。

「静かそうでいいじゃない」

「や、静かすぎだろ、駅からちょっと距離もあるし、危なくないか？」

「意外、そういうの、気になる人？」

ひったくりとかに遭った経験でもあるのかなと驚くと、「俺じゃねーよ」と眉をひそめられた。

「お前だよ」

「え……」

「だって、来るだろ？」

……そりゃ、呼ばれたら、行くけど。

そんな反応しかできそうになくて、飲み込む。

「お前んちの辺り、ちょうどいいんだよな、静かだけど便利で、店もあって」

そこそこ譲れない条件らしく、うーんと首を捻っている。

突き上げるような感情が湧いた。

ねえそれなら、それならさ。

「まあ、いいところが見つかるまでうちにいたらいいよ」

「いや、でも、悪いだろ」

悪くないよ。

とは、本音すぎて言えなかった。

逃げられない

「対訳表できたぜ、後で送る」

「ほんと、ありがとう」

「同通なんだけどさ、英中も入れられないか？」

同時通訳を〝同通〟と略すのを、この仕事で知った。

海外側の担当が久住くんだけになったというのは、案外いいこともあって、それはたとえば、彼とだけ話せば事足りたりするあたりだ。

受付フロアですれ違ったのを機に、待合スペースのソファで軽い情報交換をしているうち、簡単な打ち合わせみたいになってきた。隣り合って座り、ＰＣを覗きながらあれこれ話し合う。

「確認しとく。問題は予算だけだと思うから」

「厳しかったらうちで持つよ」

「持てるの？」

そんなあっさり費用を捻出できるものなのかと驚くと、久住くんが眉を上げた。

「必要なことに使わずに、なんのための金だよ？」

そうだった、彼はまったく違う土壌で仕事してきている人なのだった。言ってみたい、こんな台詞。

「じゃあ、こっちで承認もらえなかったらお願いするかも。でも頑張るよ」

「お前が頑張る話なのか？」

「にんじん嫌いの子に食べさせようと思ったら、わからないよう混ぜ込むか、身体にいいからと押し切るか、それなりに作戦を練るでしょ」

「コストが増えること自体にアレルギーがあるわけか」

「そう」

ため息をついたところに、同情の視線をもらった。

「おや、なにしてるの」

そのとき、廊下を通りかかった人影が、私たちを見て足を止めた。幸枝さんだ。

「まさか見通し会議、今までかかりました？」

「そうなんだよー、ようやく終わって一服してきたとこ」

疲れた表情で、このフロアにある喫煙所のほうを親指で指す。関係者と一緒になるのが嫌で、わざわざ違う階まで出てきたんだろう。喫煙者同士、気持ちがわかるのか

「お疲れ様です」と久住くんもねぎらいの言葉をかけた。

「幸枝さん、同通の言語を増やすのって、予算的にいけると思います?」

「どのへん?」

「英中です」

「問題ないかも。さっき購買と話したらね、バスツアーの費用がまだ圧縮できそうなんだって」

「ほんとですか」

それは朗報だ。

「ほかに手厚くしたい言語があれば、一緒に検討するけど」

尋ねられた久住くんが、ちょっと考え込む。

「可能ならイタリア語を。最近取引を始めた大手のトップが来るので、なるべくストレスを減らしてやりたいんです」

「ヨーロッパなのに、英語じゃダメなの?」

驚いた私を見て頷く。

「欧州こそ、自国の言語で押し通す習慣が強くて。英語ができない、もしくは使うのを嫌う人間がけっこういるんだ」

へええ。世の中、知らないことだらけだ。

「了解、やってみるよ。それじゃ」

幸枝さんが快諾して去っていく。私より五センチほど小さいけれど、いつもぴっと背筋が伸びていて、しゃきしゃき気持ちよく歩く姿は大きく見える。

ツアーの費用が減るなら、その分の予算でなにかできないだろうか。これまでに断念したアイデアを、いくつかさらってみようと思い立った。

「あのさ」

「なに？」

「黒沢さん、俺らのこと知ってるから」

ＰＣで予算シートを呼び出しながら、その意味を考える。

えっ？

「それって、え、付き合ってる、ってことを？」

「そう」

「久住くんが言ったの？」

「うん」

「いつ？」

言いづらそうに視線を落として「昨日」と答える。

昨日って……月曜日?

幸枝さんと久住くんに、いったいいつそんな話をする機会があったのか。

私は自分でも驚くほどうろたえた。久住くんはなるべく言葉を少なくしたがっているる様子を見せる。

「会社帰りに飲んでさ」

「ふたりで?」

「そう」

「ばったり会ったかなにか?」

「いや、誘われて」

誘われて、って。ふたりで飲もうなんて、少なからず好意があるってことなんじゃないの。幸枝さんが、久住くんを? どういうこと?

「どうして行ったの、そんなの」

自分の言葉に、自分でびっくりした。私、いったいなにを言ったの。

久住くんも驚いた顔をしている。

「どうしてって」

「私の先輩だよ？」

「知ってるよ、でも俺だって仕事で付き合いあるんだし」

「ほかにも誰か誘うとか、できなかったの」

誰か止めてよ、と心が悲鳴をあげた。

私の埒《らち》も明かない難詰《なんきつ》に、久住くんが苛立ってきているのがわかる。

「提案したよ、当然。俺だってそこまで鈍くねーよ、ふたりで行ったらやばいってことくらい感じてた」

「わかってて行ったんだ」

「じゃあお前、たとえば向井さんから誘われて、断れるのか」

「話をすり替えないでよ」

「すり替えてるのはお前だ。気に入らないことがあるならはっきり言え」

気に入らないこと？　全部だよ、全部。私の知らないところで、私の先輩と約束なんてして、ふたりっきりで飲みに行って、私の知らない話をして。

なにを言われたの。どんな流れで私たちのことを話したの。

「せめて行く前に教えてくれたって……」

「だから自分に置き換えてみろってんだよ、お前の先輩が、お前に言ってない中で、俺が勝手に言えるわけないだろ！」

わかってるよ、そのくらい。頭ではわかっている。でも。

「おい、六条……」

久住くんの反応で、自分がどれだけひどい顔をしているのか想像がついた。

もうダメだ、気持ちを隠す余裕もない。

「六条」

「ごめん、また後でね」

「六条！」

涙がこぼれる前に洗面所に駆け込んだ。

これは別に、久住くんに見せたい涙じゃない。単に、動揺に呼応して出てきた涙だ。

動揺って、なにに？

――自分の心に。

「あ、乃梨子ちゃん、さっきの件、参考に費用の実績を聞いたんだけどさ」
どんな顔をして幸枝さんに会えばいいのかわからず、迷いを残したまま戻った席で、
いつもと変わらない笑顔に迎えられた。

まだ、なにかの間違いなんじゃないかという思いのほうが強い。幸枝さんはどのくらい本気なんだろう。今日一日、私の隣でなにを思っていたんだろう。

「ありがとうございます、さっそく」

「予算的にもいけそうだよ」

「ほんとですか」

「久住くんにもそう伝えといてくれる？」

ぎくっとした。なにか含みがあるのではと幸枝さんを見て、疑り深い自分を恥じた。幸枝さんは普段通りだ。

「伝えておきます」

なら私も普段通りにすべきだ。そう決めて、穏やかでない心をなだめた。


仕事を終える頃には二十一時を回っていた。夕食をどうしようかと考えながら乗ったエレベーターで、先客の顔を見てぎょっとした。

久住くん。

向こうも驚きつつ、私の様子にさっと目を走らせたのがわかる。

「お疲れ」

どうしてよりによってふたりきりなのか。しかもこれじゃ、家に着くまで一緒だ。

操作パネルの前にいる彼の視界に入らないように、後ろのほうの隅に立った。

一階に着くと、『開』ボタンを押しながら、久住くんが鞄で私を促す。

「どうぞ」

「あ、ありがとう」

逃げるようにエレベーターを降り、ビルの出口を目指して駆け出そうとしたときだった。いきなり腕を掴まれ、裏口へ引っ張っていかれた。

なすすべもなく引きずられて、冷たい壁に押しつけられる。明かりも絞られた非常階段の横で、上機嫌とは言えない目つきが私を見下ろした。

「やっぱりな、目を離したら絶対逃げると思ったぜ」

青白い蛍光灯が、久住くんの顔を逆光にしている。

なにも言わない私に、彼はちょっと困った顔をして、手を離した。

「怯えるなよ、乱暴だった、ごめん」

「ううん……」

掴まれていた二の腕が鈍く痛む。そこをさすりたい衝動に駆られたけれど、久住くんの視線が気になってこらえた。

「あの、私、帰りたいんだけど」

「帰ってもそんな態度なんだろ、俺、そういうの嫌だ」

「じゃあ、普通にするから」

「ちょっと待て」

　再び逃げようとしたところを、身体の前に回された腕であっさり引き戻される。一瞬、片腕で抱きかかえられる形になって足が浮く。大柄でもない彼の、どこにこんな力があったのか。

「なにが引っかかってるんだよ、教えろ」

「別に……」

「嘘つけ」

　久住くんの片手が、私の肩を壁に張りつけるように押さえる。そうされると、まったく身動きが取れない。ここまで来たら、納得するまで解放してくれないだろう。

「もう、こういうの、やめてもいいかなって」

「こういうのって？」

「付き合うとか」

久住くんが眉をひそめた。

「それが、さっきの話となにか関係あるのか？」

「だって、おかしいと思わない？　幸枝さんは真剣だったのかもしれないのに」

「別に俺だって、不真面目なつもりないけど」

そういうレベルの話をしているんじゃないよ！

「人を傷つけてまで続ける意味がわからないってこと」

「なんで他人を絡めてくるんだよ。俺らの話だろ。俺とお前の話だ」

「でも、実際、幸枝さんみたいに……」

声が震えて、続きが消えた。

顔を覆おうにもこの距離じゃ、なにをしたところで全部見られて終わりだ。

「それ、ノーってこと？」

ぎくっとした。

見下ろす目と、視線がぶつかった。

「終わりにしたいってこと？」

微笑むわけでもなく、バカにするわけでもなく。久住くんの表情から、心の中は読めない。

——終わりにしたいってこと？

そうかもしれない。もとから不自然だったこんな関係、もう切り上げどきなのだ。

俯き加減に、なんとか頷く。肩を押さえつけていた手が緩んだ。

「そっか」

解放の気配に、身をひるがえそうとした瞬間、目の前を腕が塞いだ。

「なんてな」

通せんぼをするように、壁についた手で逃げ道を封じて、久住くんが笑う。彼の腕と身体と、壁との間にできた狭い空間に閉じ込められて、どこにも行けない。

「〝言って〟ないだろ、お前。そんなの認めない」

「なに……」

「ほんとに終わりにしたいと思ってるなら、お前の口で言え」

ここで、と教えるみたいに、久住くんはいきなり私の唇を奪った。押しつけるようなキスを受けて、のけぞった頭が背後の壁をこする。

「言えよ、聞くから」

顔をそむけても、追ってきて塞ぐ。手が私の後ろ髪を掴んで、上を向かせた。

「言えよ」

涙が目尻を伝った。私の抵抗なんてお構いなしに浴びせられる、貪るようなキス。冷たくなった涙が、こめかみを濡らす。

言えるわけない。だって終わりにしたいなんて思っていない。

幸枝さんのことなんて全部詭弁《きべん》だ。都合よく言い訳に使おうとしていただけ。

ねえ久住くん、昨日は確かに遅かったけど、普通に帰ってきたよね。飲んでいるのはわかった。けれど誰と飲んだのなんて、必要もないから聞かなかった。

聞いたら教えてくれた？

私が知らなかっただけで、あのときにはもう、幸枝さんといろいろ話した後だったんだよね。そういうの、考え出したら耐えられなくなったの。

終わりにしたいなんて思っていない。だけどもう、このままじゃつらい。

「なあ、六条」

いつの間にか久住くんの両腕に抱きしめられていた。ぶつけるように唇を合わせながら、私もしがみついた。

火がついたことに気づいたのは、きっと私だけじゃない。身体のどこかに燃料が隠れていたみたいに、一気になにかが燃え上がって、指先にまで広がった。

「六条……」

耳を濡らす、熱っぽいささやき。

私たちはどちらも、家までもたないことを自覚していた。「学生かよ」とぼやきながら、会社の裏のビジネスホテルに入る始末で、部屋のドアが閉まるのも待てず相手の服に手をかけた。

身体を重ねるのは、彼が出張から帰ってきた夜以来。久住くんはあのときと同じように、今回も無口だった。けれどそれは、前みたいに余裕がないせいというよりは、今日はそうすると決めているように感じられた。

ベッドカバーを乱暴に剥いで、突き飛ばすように私を寝かせた。裸の身体が覆いかぶさってくる。勢いでスプリングが軋む。

「ねえ」

熱い指が肌を這い、身体に食い込んだ。

首を噛む彼に声をかけても、返事はくれなかった。

「久住くん、って」

指を私の唇に押し当てる。昂りに濡れた、男の人の目で見下ろしながら。

なにも言うなってこと？　言われたら困ることでもあるの？

吐息が指にぶつかって返ってくる。ふとなにか試したくなったのか、彼がその指を唇の隙間に差し込んできた。反射的にそれを舐めた。かすかに感じる汗の味は、彼のなのか、私のなのか。

見つめ合っていた目が、優しく笑う。

安心した瞬間、熱い手のひらが乱暴に口を塞いだ。身体の奥を容赦《ようしゃ》なく責め立てられて、背中が震える。

「久住く――……」

指先の痛みで、爪が反るほどシーツを握りしめていたことに気がついた。

悲鳴は彼の手の中で掻き消える。頬に食い込む、男性的な指。

ふいに久住くんが身体を折って、ごつんと額を合わせてきた。

口を塞がれているせいでキスはできない。したい。してほしい。もどかしい。

なにかに耐えるように眉根を寄せる彼が、荒い息を吐くのを肌で感じる。

ようやく口から手を離してくれたのは、私が疲れ果てて声も出せなくなった頃だった。頭はもう痺《しび》れたようになっていて、押し寄せる快感を処理しきれない。

解放され、口から漏れた呼吸は、泣き声みたいだった。途切れ途切れに彼を呼ぶ自分の弱々しい声が、誰かほかの人のもののように遠くで聞こえる。

久住くん、私ね、すごく嫌なの。女の子に対して優しくされるのも嫌だし、私以外の誰かとふたりで会われるのも嫌。合コンなんてもってのほかで、新しい部屋も見つからなければいいと思っている。

でもそんなこと思う権利なんてないってこと、わかってもいる。それに気がついたとき、ショックを受けたの。

強引さに負けたふりをして、流されたふりをして、全部久住くんのせいにしてここまで来た。

今さらあなたは私のものだなんて。いったいどんな顔して言える？

枕を掴んでいた私の指を、一本一本剥がすようにして久住くんが握った。シーツの上で、お互いの指がきつく絡む。

ぼやけた視界に、久住くんの顔が映る。吐息が唇をかすめて、一瞬後にキスが来た。待ち焦がれていた唇。

「六条……」

かすれた声が、呻《うめ》くように呼んだ。

返事をする余裕はなかった。

久住くん、なんて口にしたら、泣き出しそうだったから。

こすれ合う肌の間で、汗が飛沫《しぶき》になって散る。もう一度呼ばれたとき、頭の中が白く弾け飛ぶような感覚に襲われて、私はたぶん叫んだ。

波打つ身体を抑えられなくて、噛みつくようなキスをされて、繋いだ手だけは離すまいと握りしめて、その後はもう、覚えていない。

意識が戻ったとき、部屋は暗かった。慣れないシーツの感触に一瞬混乱し、すぐに状況を思い出した。

久住くんの胸に抱きついて眠っていたらしく、お互い裸なおかげで、くっついていた部分の肌が汗で湿っている。

フットライトを頼りに時計を見れば、日付の変わる少し前。

枕に頭を戻して、しばし考える。これは、帰るべきだろう。

そっと腕から抜け出して、シャワーを浴びた。バスタオルを身体に巻き、部屋のあちこちに散らばった服を拾い集める。下着がどうしても見つからず、布団の足元のほうをめくったとき、久住くんが身じろぎした。

「六条?」

「あ、ごめんね、起こして」

「なにやってんの」

眠そうな顔がこちらを向く。

見つけた下着を引っ張り出してから、言い訳めいた気分で答えた。

「あの、電車があるうちに帰ろうと思って」

久住くんはなにも言わず、また頭を枕に戻した。寝心地が違うのが気になるのか、具合を確かめるように、抱いた枕に顔をこすりつけている。

「久住くんは……？」

「俺はここで寝てく」

胸にずきっと痛みが走った。

そうだよね、もう私に用はないものね。――なんて、卑屈《ひくつ》だ。

早く帰ってしまおうと枕元の腕時計に手を伸ばしたとき、巻いていたバスタオルを鷲掴みにされ、勢いよくベッドに倒れ込んだ。

「痛！」

久住くんの胸に顔を打ち、鼻を押さえて呻く。

「ちょっと、なに……」

「お前も朝帰ればいいだろ」

ぎゅうと抱きしめられて、肺の中の息が全部出ていった。

「あ、なんかある？　立ち寄りとか」

「……ううん」

「じゃ、寝ようぜ」

満足そうに私の頭を優しく叩いて、さっさと寝てしまう。

倒れ込んだままの半端な体勢だった私は、拘束《こうそく》している腕が緩むのを待ってから、彼の隣に横になった。

胸の音を聞きながら考えた。

もうごまかしようもないから言うけどね、久住くん。

私たぶん、あなたを好きになった。

これからどうしよう？

今さらの好き

「脱いだ服をまた着るときってさあ」

シャワーから出た久住くんが、服を身に着けながらぶつぶつ言っている。

「パンツより靴下のほうが抵抗あるよな」

「ストッキングも相当なものよ」

くだらない会話をしながら朝の支度をした。と言ってもまだ日が出たばかりの六時前。出勤前に一度家に帰りたいのでこの時間だ。

「抵抗と言えば、ツインに泊まっておいて片方しかベッドを使ってないのが丸わかりなのが、私としては、ちょっと」

「じゃあ、そっちのベッドもカバー剥がしとけば」

「それもちょっと」

「どうせチェックインのときに、こいつらやりに来たなって思われてたよ」

そういえばそうか。ゲストブックに書いた住所も隣の区だし、終電後でもないのに仕事帰りの男女がツインなんて、どう考えても目的はそれしかない。勢いに任せて、ずいぶん恥ずかしいことをした。

身体のあちこちに、突っ張るような痛みがある。気になってさすっていたら、「肩でも凝ったのか」と久住くんが不思議そうに見た。

「痛むの。手ひどくされたせいで」

「ああ、よがり疲れ」

間違いではないものの、最悪な表現をした背中を、バッグで殴った。

彼は気にも留めず、「ネクタイ」と呟きながら室内を歩き回り、ライトスタンドの足元に絡まっていたのを拾い上げる。

こっち向くなよ、と念じながら、赤くなった顔を平常に戻そうとした。

夕べの久住くんは、どこかおかしかった。

手ひどくと言いはしたけれど、手荒なことをされたわけじゃない。ただどうにも容赦がなかった。私に音を上げさせて楽しんでいたこれまでとも違い、ひたすら追い立てて、壊れるところを見届けようとでもしているような、鬼気迫る感じがあった。

実際、神経が焼き切れるんじゃないかと何度か恐怖した。全身を緊張させて耐えた。身体も痛くなるというものだ。

「なに？」

久住くんが視線に気づき、きょとんとする。すぐに私の胸中を察したらしく、にやりと笑ってこちらに腕を伸ばし、肩を抱き寄せて唇を押しつけてきた。

どのツラ下げて、今さらこんな甘いキス。

不信感を隠す気もない私の頭をなだめるみたいになでて、「朝メシ食って帰ろうぜ」なんて平然と笑っている。

いったいこの男は、なにを考えているのか。


その日の仕事中、デスクの上で携帯が鳴った。

久住くんからのメッセージ。ぎくっとする自分が嫌だった。

【今日遅くなる】

誰と会うの、と聞きたい気持ちを戒《いまし》める。いくらなんでも露骨すぎだ。

【また内覧してこようと思って】

私の葛藤を見透かしたように、追加情報が来た。

部屋探しか。それはそれで心穏やかでもないのだけれど、まあいい。

了解、だけじゃ愛想がないかと思い、いい部屋が見つかるといいね、くらい書こうと思ったのだけれど、それはすなわち早く出ていけという意味になりそうな気がしないでもなく、悩んだ末に【頑張って】とだけ返した。

久々の恋心は、歳を重ねたせいもあってか、なかなか面倒なことになっている。


「飲んでるじゃない」

日付も変わる頃に部屋に帰ってきた久住くんは、だいぶ酔っていた。

「うん」

「内覧してたんじゃなかったの?」

機嫌よく口笛を吹きながら、スーツを脱ぎ始める。渡したハンガーを、受け取ると見せかけてぐいと引っ張り、よろけた私の頬に陽気なキスをした。

なんだこのテンション、気持ち悪い。

「いい部屋が見つかったの?」

「うん」

寝る前にシャワーを浴びることにしたらしい。ワイシャツを脱ぎながらバスルームに消える。

……見つかったのか。

再び開いた文庫本の内容が、まったく頭に入ってこなくなった。

「どの辺？」

「前いたとこの、ふた駅手前」

「いつ入居？」

ザー、という水音が返ってきて、おい、と思った。もう少し積極的に情報をくれてもいいんじゃないの。同居人だよ。

バスルームまで追いかけてやろうかとも思ったけれど、はしたないのでやめた。

もう先に寝ようとベッドカバーを剥がす。水音がやんで、久住くんの気配が戻ってきたので、振り返ろうとしたところにいきなり抱きつかれ、ベッドに倒れ込んだ。

「ちょっと！」

「お前、肉ついたんじゃない？」

「誰のせいよ」

ごそごそとわき腹のあたりを探る、失礼な手を払いのける。

確かに最近、身体の線が緩んだ気がする。久住くんと暮らすようになってから、一緒に飲み食いして帰ることが増えたのが原因だ、絶対。

「脂肪を人のせいにするとか斬新だな」

「もう締めのラーメンなんて二度と付き合わないから」

「冷たい奴」

「勝手なこと言わないでよ！」

久住くん、身体を拭いていないじゃないか、もう。

冷たい滴《しずく》がうなじに垂れてくる。身体をよじって拘束から抜け出し、枕にかけていたタオルで、びしょ濡れの頭を拭いた。

腰にバスタオルを巻いただけの久住くんは、私の雑な手つきに顔をしかめながらも、くすくす笑ってされるがままになっている。

「酔っぱらい」

「だって楽しくってさ」

「誰とそんなに飲んだのよ？」

「不動産屋の営業の兄ちゃんが同じ大学で、しかも同い年だったんだよ。思わず意気投合して異業種交流してきた」

「まさか契約したときは素面《しらふ》だったんだよね」

「おう」とわかっているんだかいないんだか適当な返事をして、今度は正面から抱きついてくる。重みに耐えきれず、久住くんごと後ろに倒れた。

「いつ入居なの」

「今の部屋と家賃がかぶらないように、来月まで待ってもらった」

つまり出ていくまで、あと二週間ないってことだ。

「仲介業あるあるが、また笑えるんだ」

「はいはい、お酒が抜けたら教えてね」

仰向けになった私に覆いかぶさり、犬かなにかみたいにじゃれついて、バスタオルの中で無邪気なキスをしてくる。

私の首筋に鼻を埋めながら、「あー」と後悔しているような声があがった。

「お前も呼べばよかったなあ」

水滴の散った身体にのしかかられた、不自由な体勢でも胸は鳴るのだ。

そんな楽しい時間を、私と共有したかったと言ってくれる。それは同期としてなのか、〝彼女〟としてなのか。

いずれにせよ嬉しいよ、バカ。

いい加減重いと言おうとして、彼が寝てしまったことに気がついた。力の抜けた重たい身体の下から、苦心して這い出す。

「……寝ぐせついちゃうよ」

湿った髪に指を通しても、なんの反応もない。熟睡だ。

裸同然の身体に布団をかけて、しばらく寝顔を見守った。

こんなひとときも、もう終わるのだ。

＊　＊　＊

購買部に資料を届けて戻ってきたら、幸枝さんがなにやら手を振って私の注意を引こうとしていた。

「どうしましたかー」

「この後空いてるー？　代理店さんが、ツアーの段取りの打ち合わせしたいって」

私はデスクに向かって歩きながら手帳を確認した。

「十六時半からなら」

「じゃ、そこに入れるね。旅行代理店の担当さんも連れてきてくれるって」

デスクにたどり着いた私に、受話器を肩に挟んだ幸枝さんが親指を立てる。

そうだ、と思いついた。久住くんにも一瞬顔を出してもらおう。

《悪い、十七時まで別件なんだよ》

「その後に来てくれたらいいよ、こっちは三十分じゃ終わらないと思うから」

《いい？　じゃあ場所決まったら連絡して》

「了解」

受話器を置いたところに、幸枝さんが戻ってきた。スッとする煙草のにおいをまとっている。

幸枝さんの横で久住くんに電話することがどうしてもできなくて、席を立った隙を狙ってしまったのだけれど、終わってみるとそれはそれで罪悪感に駆られる。これは気にしすぎの部類に入るんだろうか。

幸枝さんはただ、これからもよろしく、くらいのつもりで誘ったのかもしれない。久住くんは予防線として私のことを打ち明けただけなのかもしれない。

このあたりの話を、久住くんともまだできずにいる。わざわざ蒸し返すことでもないし、聞いたところでどうにもならないから。

なんてね。この間の言い争いを思い出したくなくて、弱気になっているだけだ。そのくらいわかっている。

自分の気持ちに気づく前なら、すぐに聞いて片をつけていただろうに。

〝好き〟ってこれだから面倒くさい。

「花香《はなか》と申します。よろしくお願いいたします」

「ツアー内容から、お客様との調整事項まですべて彼女が担当してくれています。今後は打ち合わせにも参加してもらいますので」

広告代理店の営業さんの紹介を受けて、花香さんがにこっと笑った。

さらさらした軽いボブに、大きな目が印象的な彼女は、私と同い年くらいに見える。少し前まで、取引の相手はみんな年上だった。それが最近急に、最前線で活躍する同年代と出会うことが増えた。そういう年齢になったということなんだろう。

かわいらしい外見に反して、落ち着いた所作でてきぱきと話を進める花香さんも、これだけの仕事のフロントをひとりで任されている人なのだ。

「ホテルに直行されるお客様もいらっしゃるということですね。ではその分のご案内状はホテルに預け、各部屋に配布してもらえるようにしましょう」

「それができると助かります」

「当日、お客様のご予定が変わった場合に備えて、ホテルと会社を行き来できるスタッフを用意します。なにかありましたらご用命ください」

花香さんの提案で、懸念事項が次々解消されていく。あれよあれよという間に打ち合わせが終わってしまった。

「では、私はこれで失礼いたします」

「タイムテーブルってすぐ更新できるかな」

「はい、今日中には」

代理店営業の須加《すが》さんが、花香さんの返事を聞いて頼もしげに微笑む。

花香さんはさっと荷物をまとめ、一礼して会議室を出ていった。

スムーズに進みすぎて、久住くんが間に合わなかった。まあ、主担当である須加さんを紹介できれば、今日のところは十分だ。

「じゃあ、ちょっと別の件をご相談しても構いませんか？」

「はい、もちろん」

須加さんがA３サイズの資料を配布する。それを広げるために手帳を脇に置いたとき、椅子の上に淡いピンクのペンが落ちているのに気がついた。

「あれっ、これ」

「花香さんのだね」

私が拾い上げたのを見て、幸枝さんがすぐに言った。

さすが女同士。花香さんが使っているのを、かわいいなあと私も見ていた。

「まだ追いつけるかも、ちょっと失礼します」

急いで廊下に出ると、ちょうどエレベーターの到着を告げるランプが点灯しているのが見え、扉の前に花香さんがいた。急いで呼びかけた。

「花香さん、忘れ物です」

くるっと振り向いた花香さんが、ペンを見てあっ、という顔をする。駆け戻ってくる彼女の背後で、エレベーターの扉が開き、久住くんが出てくるのが見えた。

「すみません、わざわざ」

「いえ、間に合ってよかった」

「すぐにまたご連絡しますね、今後ともよろしくお願いします」

恥ずかしそうに笑って、またエレベーターのほうへ走っていく。親切にボタンを押して待っていた久住くんにぺこりと頭を下げ、扉の中へ消えた。

見送る私のところへ、久住くんが足早にやってくる。

「誰、あれ」

「あっ、しまった、今紹介すればよかった」

「誰だ」

その声が、なんだか切迫している。

「旅行代理店の方だよ、これからお世話になる」

「な……名前は」

「花香さんだって」

苗字までかわいいよね、と続けようとしたのだけれど、久住くんの顔色が変わったので飲み込んだ。

真っ青だ。どうしたの、いったい。

「これから世話になるって？」

「そうだね、当日も担当してくれるって」

「嘘だろ……」

絞り出すように言って、片手で顔を覆う。

「何事？」

手の陰で、ぼそぼそとなにか言っている。聞こえない。

「え？」

「元カノ」

あ、元カノか、なるほどね……って。

「え、元カノ⁉」

「しかも直近……」

久住くんは「うあー」と頭を抱えて天を仰いでしまう。

直近って。

「さっき花香さん、久住くんに気づいた?」

「いや、たぶん平気。あいつチビだから、普通にしてたらこっちの顔見えないんだよ、助かった」

相当焦ったらしく、持っていた紙資料で顔をあおいでいる。

ホッとしている久住くんとは逆に、私はダメージを受けていた。

あいつとかチビとか、言っちゃうんだ。付き合っている間に、身長が理由で気づかれないようなことが何度もあったんだね。そのことをからかったり、それで怒らせたりしたんだ。言い方や言葉の選び方から、そういうのって驚くほど透けて見える。

なにこれ、けっこうつらい。

「やばい、動揺が抜けない」

「そんなに?」

「俺、ダメなんだよ、別れたら完全に縁切りたいクチなんだ。友達に戻るとか、ほんと考えられなくて」

雷に打たれたみたいなショック。手が震えてきて、そんな自分にうろたえた。

「でも、いつまでも避けられないよな、時間の問題だよな……」

自分に言い聞かせるような久住くんの呟きを、ぼんやり聞いた。

──友達に戻るとか、ほんと考えられなくて。

ねえ久住くん。つまり私には、ただの同期に戻る道は残されていないってことだね。

終わりにしたいと言ったが最後、顔も合わせたくない存在になるってことだ。

冷たい汗が、心まで冷やした。

どうしよう。今けっこう、崖っぷちの気分だ。


「どう見ても本人だ……」

「そりゃそうでしょ、あんな珍しい苗字」

ほんの少しの希望を捨てきれずにいたらしい久住くんが、私のもらった名刺を見て、絶望の表情になった。

「しかも昇格してやがる」

「いつ頃、付き合ってたの？」

「新人の頃から、二年くらいだな」

う、けっこう長い。けれどそれが最後ということは、ここ二年くらいは彼女なしだったってことだ。しばらく彼女はいなかったと言っていたのは、本当だったんだ。

ベッドに並んで寝そべりながら、久住くんの持っている名刺を覗き見た。【花香良子】とある。

「りょうこさん？」

「これ、よいこって読むんだよ、まさかの」

「まさかだね」

裏面のアルファベットを見ると、確かにＹｏｉｋｏと書いてある。

「すげー自分の名前嫌っててさ、呼ぶと怒ったなあ」

なにを素で元カノの思い出を語っているのか。

思わず「へえ」と冷ややかな相槌になったのだけれど、再会の危機に戦慄《せんりつ》する久住くんには伝わらなかったらしい。もしくは、私がそんなことを気にするなんて、思いもしていないのかもしれない。へこむ。

「同い年？」

「そう」

「なんで別れたの？」

「……まあ、なんとなくうまくいかなくなって」

そういうものか。

あんなにかわいくて、感じがよくて、仕事もできて、それでダメなんて。

「久住くん、理想が高いんじゃないの」

「そうでもない、と思うけど……」

ダメだ、この人、もう上の空だ。

顔の上にかざした名刺を凝視する姿を、横から眺めた。

もやもやする。今はどうあれ、花香さんとは好きで付き合ったわけで。一方の私は〝嫌いじゃない〟の域をいまだに出ていないわけで。

当然だけれど、久住くんは私が彼を好きなんて、夢にも思っていない。今日の態度でそれを痛感した。

お互いを彼氏彼女と思って生活する、という契約には、相手の元カノに複雑な思いを抱いたりするような、感情の部分は含まれていないのだ。

私たちの付き合いは、言ってみれば形だけ。外側だけなら、たぶんなかなかうまくできている。

とはいえ久住くんは、ようやく名刺を睨むのをやめたと思ったら、今日もおやすみのキスひとつ落としただけで寝てしまった。

発情期が終わりでもしたんだろうか。それとも飽きた？

真正面から聞きたいけれど、できない。

私の頭を抱くように眠っている久住くん。その身体に腕を回して抱きついてみると、すぐにきつく抱きしめ返してくれる。寝ぼけているせいか、加減がなくて痛い。

ほらね、形だけなら完璧な、恋人同士の図。

けれど中身は空っぽ。

その空洞に、間違って本気なんてものを注ぎ込んでしまったら。

それはいわゆる、〝重い〟という状態なんじゃないか？

過去のふたり

《メールいただいた件がですね、ちょうど確定しそうでして。明日の運営会議でご報告させていただいてよいですか？》
「ありがたいです、お願いします」
《なるべくマニュアルを埋めておきたいので、海外の……営業部の方でしょうか、ご担当者様のお名前をいただけると助かります》
うわ。
デスクの受話器を握りしめ、心の中で手を合わせた。
ごめん久住くん、不可抗力。
「久住といいます」
《久住さんですね、かしこまりました》
なにか投下してしまったかとびくびくする私をよそに、特にこれといった反応もなく、花香さんは話を終えた。
ふうと椅子の背にもたれたところに、声がした。

「特約店会議の担当はどの人？」

幸枝さんはいない。「はい」と手を挙げて、早まったと悔いた。声の主は営業部の中でも、口うるさくて有名な人だったからだ。


「遅くなりました……」

「うわっ、やつれてるよ乃梨子ちゃん、大丈夫だった？」

「まあ、なんとか」

疲労困憊《こんばい》で定例会に合流した私を、幸枝さんが心配してくれた。泣きたい思いに駆られつつ、差し伸べてくれた手にすがって席に着く。

「どうしたの？」

「営業部から物言いがつきまして」

購買部の男性も、同情気味だ。

「なんて」

「まあいろいろ言われたんですが、要約すると、営業部長と本部長の宿泊先が例年と違う場所になったのが気に入らないらしいです」

改めて話すと、それだけか、という内容だ。それだけなのに四十分も拘束されてしまった。

「今回のホテルも便利な場所だよね」

「無断で変えられたこと自体がおもしろくないのと、どうやらいつものホテルの近くに、行きつけのお店があったようなんですね」

「お店って」

「おそらく、女の子のいるような」

地方から出てくる特約店のＶＩＰたちとそういう場所で豪遊するのが、二年に一度のお楽しみだったらしい。二駅ほど離れたところに確保したホテルでは、遊び倒すのに不都合なわけだ。

どこかでなにかしら不満の声を聞くだろうと覚悟していたものの、こんなくだらない内容だとは。しかも宿泊先についてはとっくの昔に通達してあるのに、今頃になってのクレーム。

くたびれた頭をリセットしようと深呼吸したとき、向かいに座っていた久住くんが気遣わしげに口を開いた。

「それ、海外の特約店が来るせいで、変えたんだよな？」

「うん、そうなんだけど、それは別に」

ない。

「そんな話、俺らに回してくれたら、こっちで受けるのに」

いやいや、これは立派な内輪もめだ。こんなことで海外営業を煩わせたら立つ瀬がない。

「大丈夫だよ、最終的には納得してもらったし」

「どうやって」

「新しいホテルのほうが格が上なんです、と説明して」

わかりやすい、と一同が頷く。

「課長がいないタイミングを狙って来た感じなのもね」

「向こうも、いちゃもんだっていう自覚があるんですね。課長には報告メールを打っておきました」

さあ、こんなつまらない一件は忘れて、建設的な打ち合わせをしよう。

そう切り替えようとしたところで、久住くんと目が合った。難しい顔でこちらを見つめていた彼は、やがてふいと視線をそらし、話し合いに加わった。

「呆れてる？」

「なにに？」

退社のタイミングが合いそうだったので、久住くんと飲んで帰ることにした。

駅ビルの地下の居酒屋に入り、カウンター席に並んでビールで乾杯をする。

彼は普段より寡黙《かもく》で、なにか考え込んでいるように見える。定例会のムードを引きずっているのかもしれない。

「国内営業って、バカばっかりだなとか」

「別に呆れてねーよ、いや、近いことを思ってはいるけど」

そりゃ思うよね。

「厄介な人ばかりじゃないんだよ」

「そんなん、お前見てりゃわかるよ」

久住くんて、たまにこういうこと平気で言うの、ずるいよなあ。

「国内は、付き合いが狭くて固定されてるのが問題なんだと思うよ」

「膿《うみ》が溜まっちゃう?」

「だな。別に海外部門に潔癖《けっぺき》な人間が集まってるわけじゃない。単に文化や言葉の違いがフィルターになって、趣味の悪さまで相手に伝わらないだけだ」

「フィルターなんだね、壁じゃなくて」

「壁……と感じることもあるけど。でも人付き合いには、適度な壁って必要だろ」

言いながら、ちょうど彼の左側にあるお店の壁を、コンコンと指の関節で叩く。

うまいことを言う。

「会議にかこつけて女の子の店で遊ぶなんて、非常識もいいとこだろ、それがまかり通ってるのがもう、組織として病んでるよ」

「どうして誰も止めないのか、私も疑問で仕方ないの」

「自浄作用が働かないってのは、よくないよな」

要するに国内のお付き合いは、もうズブズブなのだ。暗黙の了解や気遣いや諦めなどに囲まれて、権力のある人が好き放題する。今日の出来事は氷山の一角だ。

「俺さあ、ちょっと考えてること、あるんだよな」

「なに?」

言っておきながら、うーんと考え込んでしまう。

「やっぱりいいや、もっとまとまったら言う」

「そう? あ、そうだ、ごめん今日、花香さんにね」

名前を伝えてしまったことを話すと、久住くんがうなだれた。

「ごめん、なりゆき上、仕方なくて」

「いや、いいよ、どうせ明日会うんだし」

「険悪な感じなの？」

「どうかなあ……」

運ばれてきた食事を、手狭なカウンターに並べながら首を捻る。

「最後の半年くらいは、もう冷戦状態だったからな」

「久住くんが？」

意外だ。そういうのをすごく嫌いそうなのに。言いたいことをお腹に溜めておくのを、絶対に許さないじゃないか。

「俺も若かったし」

「それで懲《こ》りたの？」

「懲りたし、反省もしたよな」

私の知っている久住くんは、私の知らない時代の久住くんからできている。

当たり前のことなのに、こうして目の当たりにすると、けっこうこたえる。

「ほかと比べて、二年って長い？」

「高校から大学にかけて、期間でいえば同じくらいのは、あったな」

「意外と真面目だね」

「でも、高校生と社会人じゃ、付き合いの濃さが違うだろ」

つまり花香さんの比重が、一番大きいってことだね。

確かに私は、少なからずいじめられたい願望があるのかもしれない。聞きたくないと思いつつ、情報が欲しくてたまらない。

花香さんとの記憶を探りながら話す久住くんも、けっこういいなんて思っていたりして、そのくせ語られることにいちいち胸を抉《えぐ》られていたりもする。

「憂鬱……」

久住くんが顔を覆って、力なくこぼした。

「そんなに嫌なもの？」

「……嫌だな」

「なんで？」

「なに言われるかわかんねえし、ってお前、やたら掘ってくるな」

早くも二杯目のビールを飲みながら、怪訝《けげん》そうに眉をひそめる。

自虐的な心理を見透かされた気がして、顔が熱くなった。思わずそれを手で隠してしまったのがいけなかったらしく、久住くんが目を丸くする。

「あ、なに、気になる？　俺の昔の話とか」

「き、気になるっていうか、うん、まあ、それなりに」

「そっか、そういうことか」

どうしてか久住くんまで耳を赤くして、恥ずかしそうに前髪を掻き上げた。

「どういうことだと思ってたの」

「単に、おもしろがってるのかなとか」

「おもしろくなんかないよ、全然」

つい本気で反論してしまってから、ハッとした。これ、妬いていますと言ったも同然なんじゃないの。

ますます顔に血が上ってきた。

久住くんは困惑顔で、そんな私を上から下まで観察する。

「なんでそんな真っ赤なんだよ」

「久住くんだって、けっこう赤いよ」

こぢんまりとしたカウンター席は、肩が触れるほど狭い。お互い、けん制するように相手を見るうち、吸い寄せられるように顔を近づけて一瞬のキスをした。

「……絶対誰かに見られたぜ」

「私が悪いわけ？」

「そうは言ってないだろ」

正面の厨房から身を隠すようにメニューを立てて、こそこそと罵り合う。

顔の火照りは、引く気配を見せない。

なんだこれ。

＊　＊　＊

「気づいてたっつーの。嫌なら香水くらい変えとけバーカ」

かわいらしい声が、辛辣に鼻で笑い飛ばした。

久住くんがげんなりと応じる。

「ますます口悪くなりやがって……」

「びびってたの？　お互い都内で働いてて、ニアミスくらいあって当然じゃん」

「これ正面衝突だろ、完全に」

会議室のドアを開けたら、なにかが吹き荒れており、私は入るタイミングを失った。

「被害者ぶらないでよね、やりづらいのはお互い様」

「担当替えるとかできないのか」

「私はチームの売上トップだよ。替わってほしきゃ替わるけど？」

居丈高に腰に手を当てて、花香さんが言いきる。

久住くんが、彼女越しに私をちらっと指さした。

「……言っとくけど、後ろにクライアントいるからな」

「えっ、あ！」

戸口に背中を向けていた彼女が、飛びのく勢いで振り向き、真っ赤になった。

「うわっ、失礼しました、あのですね、ええと」

「あ、あの、大丈夫です、続けてください」

なにを言っているんだお前は、という視線を久住くんからもらってしまう。

だって、こういう感じの関係だとは思っていなかったので。なんというか正直、面食らっているんだよ。

「あ……えと、ご存じ……？」

花香さんが遠慮がちに私を手で示しつつ、久住くんに尋ねる。彼が頷くと、ホッとしたように胸に手を当てた。

「そうでしたか、お騒がせして申し訳ありません。お仕事はきちんとやらせていただきますから」

「今さら猫かぶるとか、心臓太いな」

「あんたは黙っててくれる?」

キュートな顔から繰り出される、忌々《いまいま》しげな舌打ち。普通に仲悪い。

「ええと、今日は長丁場なので、飲み物お持ちしますね」

「えっ、そんな、お構いなく」

「俺も行くよ、六条」

「逃げんの?」

「当たり前だろ、またお前とふたりとか、冗談きついわ」

「出た、向き合わない男」

冷ややかな目つきの花香さんを置いて、久住くんは私と一緒に部屋を出た。

まだなんの打ち合わせも始まっていないのに、見るからに疲れている。

「あの、大丈夫?　顔合わせだけしたら、帰ってもいいよ」

「いや、直接相談したいこともあるし、今日は出るよ」

経費で飲み物を買うには、食堂まで行く必要がある。エレベーターで上階に向かいながら、ため息の尽きない久住くんを見守った。

「受付に関してなんですが、いいですか」

会議の前日に行う、都内名所や事業所を巡るバスツアーの段取りをすり合わせている最中に、久住くんが口を開いた。

「かなりの混乱が予想されるので、国内特約店とは別の場所で行う、もしくは時間を一時間以上ずらすなど、できませんか」

「カウンターを二カ所に設けて、動線は整理する予定ですが」

束ねた資料から、受付の見取り図を出しながら花香さんが慎重に答える。

「床に線があったら並ぶ、という人ばかりじゃないんです。想像以上に自由です。営業部員のアテンドはつけますが、全員にとって初めてである今回は、大げさなくらいの手を打っておきたい」

「なるほどですね」

タイムテーブルと見取り図を見比べながら、花香さんはふむふむと頷き、隣の須加さんに声をかけた。

「でしたら会議本体の受付も同じことですね、こちらでやり方を決めたら、そちらにも反映できるようマニュアル化しちゃいましょう」

「了解、うちのほうが場所的にも日程的にも、対応は簡単だと思う」

「アテンドの方々を統括《とうかつ》していただけるのは……」

「私がやります」

久住くんが受ける。

「でしたら、こういうのはいかがですか、市場別に……」

ふたりのやりとりに、さっきの言い争いの名残はない。

彼らも互いが仕事しているところを見るのは、初めてのはずだ。時折目を合わせながら、相手の話に耳を澄ましている。

そんな様子は、私の胸を少しだけざわつかせた。


「あ」

夜、テレビで、観たかった映画の予告をやっていた。

もう公開していたのか。まずい、早く観ないと終わってしまう。

「週末、観に行く？」

背後のベッドから声がする。

振り返ると、寝そべって本を読んでいた久住くんがこちらを見ていた。

「明日は土曜出勤の日だよ、出るでしょ？」

「日曜ならいいだろ」

「でも、引っ越しの準備したいって」

「半日あれば十分だよ」

「じゃあその分、手伝いに行こうか」

「マジで？　あー……いや」

目を泳がせてから、「やっぱりいい」ときっぱり言う。

「見られたくないものでもあるの」

「そりゃ、男なら誰だってあるだろ」

「別に気にしないよ」

「俺がするんだよ」

「ＤＶＤ派？」

「どこで覚えた、そんな下品な詮索《せんさく》」

急に分別くさい口調で叱られ、笑ってしまう。

「なに読んでるの」

「ブランディングの事例集。見る？」

言いながら奥に詰めてくれたので、私もベッドに上がった。

隣にうつぶせて、彼の開いている大判の本を覗くと、ちょうど私たちの競合であるメーカーの事例が載っている。

「こういうの、海外の事例を勉強できる本って、なかなかないんだよなあ」

「むしろ現地で書かれてたりしないの」

「あ、そうか！」

なぜか今まで思いつかなかったらしく、さっそく携帯を取り出すと、いそいそと誰かにメールを書き始める。

「駐在さんに頼んで、送ってもらおう」

「そういえば向井さんて、来週いっぱいで終わり？」

「そうだ、行く前にお前と飲みたいって言われてたんだった。設定していい？」

「ほんと？　楽しみにしてる」

「六条、もっとうちのフロアに来ればいいのに。今のうちに顔売っとけよ」

いやいや、さすがに行きづらいよ。ＷＤＭ関連の用がなくはないのだけれど、相手が久住くんということもあって、電話で済ませたり呼び出したりしてしまうことのほうが多い。

「今回はたまたま俺が担当したからよかったけど、そうじゃなかったら厳しかったろ。今後のためにもさ」

「うーん、うん……」

「俺の出張中に、席来たんだろ？　すげえ噂になってた」

「えっ、なんで⁉」

なにか粗相でもしたかと、慌てて記憶を探る。

久住くんが笑って、私の肩を抱き寄せた。

「美人が来たってさ。みんな国内の人間に興味あるんだよ、お前がきっかけになってくれたら、俺もなんかいい気分だよ」

機嫌よく、ごつんと頭をぶつけてくる。

嬉しさを持て余して、途方に暮れた。

なにが困るって、なにひとつ現状に不満がないことだ。中身が空っぽだろうが、恋愛的な気持ちが伴っていなかろうが、久住くんが表してくれる親愛の情は、きっと間違いなく本物で、私の心を満たす。

なにかを変えたいわけじゃないのだ。むしろ変わってほしくない。

変わってしまった私の心を、悟られたくない。

この幸せが傾くくらいなら。

＊＊＊

「あのさ、あの花香さんて子と久住くんて、なにかあるの」

一緒にランチに出たとき、幸枝さんが声をひそめた。

つい「えっ」と驚きの声をあげてしまった。打ち合わせの場で、そんな空気は出ていなかったはずだ。女の観察眼は本当に侮れない。

「昨日の別れ際、なんだかちょっと気心の知れた様子を出してたんだよね」

「あ、なるほど」

たぶんふたりとも、打ち合わせが済んで気が緩んだんだな。

うーん、としばし悩み、久住くんも幸枝さん相手なら、はぐらかすより打ち明けるほうを選ぶだろうと結論を出した。

「実は、昔付き合ってたんですって」

「やっぱり。そんな感じだったよ」

「幸枝さん、千里眼ですね」

「だてに長く生きてないからね」

パスタを食べながら、ふふんと笑う。その目が、こちらを探るように動いた。

「で、乃梨子ちゃんは大丈夫なの」

「え?」

「彼氏の元カノと仕事するってことでしょ?」

あ!　そうだ、幸枝さんは知っているんだ。しかも……。

「あの、すみません、ええっと」

「謝らないでよー、こっちこそごめんね。別に邪魔しないから」

笑って手を振る姿から、なんとなく、幸枝さんは本気だったのだと感じた。合わせる顔がない。

「むしろ、なんで言われるまで気づかなかったんだろって思ったよ。そういう勘はいいんだけどね、私」

ぎくっとした。

幸枝さんの勘は、正しいです。

きっと私たちの付き合いの特殊さが気づかせなかったのだ。私と久住くんの間に、にじみ出るようなものなんて最初からないせいで。

「ストレス溜まったら、愚痴聞くからね」

「やっぱり溜まるでしょうか」

「まあ、心穏やかではいられないよねえ、普通」

幸枝さんは、花香さんと久住くんの関係には気づいた。もう終わった関係なのに、どう見ても仲がよさそうじゃないのに、気づくだけのなにかが、あのふたりの間にはあったのだ。

食べかけのお皿を見下ろして、急に沈んできた気分に戸惑った。

私はいったい、なににこんなに打ちのめされているんだろう。

「明日も天気よさそうだね、久々に遠出しようかなー」

光の射す窓の外を見て、幸枝さんが気持ちよさそうに伸びをする。

この次の週末にはもう、久住くんは出ていってしまう。

さみしい、くらいなら伝えても許されるだろうか。

今後はどのくらいの頻度で会えるんだろうか。

ああ、そうだ。なにひとつ不満がないなんて、嘘だ。

嘘だよ……。

出せない言葉

抱き合わない夜を数えるようになっていた。

数が増えるごとに、うまく説明できない不安が溜まっていく。

ねえ久住くん。

私たち、どうしてこういう関係になったんだっけ。


「寝た」

「知ってる」

「劇場でヒューマンドラマとか……」

サイズ感がもったいない、とよくわからない文句を垂れながら、昼間のカフェで久住くんが伸びをした。

「寝るほうがもったいないと思います。おもしろかったのに」

「俺の金なんだから自由です」

「なんでもコスト換算？　さみしい価値観！」

「お前、その言い方な……」

言いかけて目が泳ぐ。

そんな彼をじろりと睨んで、傷つきかけた心にふたをした。

花香さんみたい、と言おうとしたんでしょ。最低。

「謝ってもいいよ」

「悪い……」

ほんとに謝っちゃうしなあ。

自分でも戸惑ったようで、パーカーのポケットに手を入れてそわそわしている。再会してからこっち、頭の中が花香さんでいっぱいなんだろう。

それってどうなのよ、と思いはするものの、わからないでもない。彼女のキャラは、なかなか中毒性がある。

「飲んだら行こうか、久住くんも帰らないとでしょ」

「今日中に片づくかなあ」

「手伝うって言ってるのに」

「けっこうです」

どれだけ秘密があるんだろう。遊びに行った限りでは、物が少なくて整理されている、いかにも久住くんらしい部屋だった。

「俺、今日はあっちで寝るわ」

「わかった」

「ひとりで眠れる？」

「眠れるよ」

つい普通に言い返してしまった。

久住くんはコーヒーを飲みながら、そんな私を楽しそうに笑った。


路線が同じなので、別れ際は電車の中だった。

動き出した電車に向けてホームから手を振ると、ドアの横に立った久住くんが、ひらひらと控えめに振り返してくれる。

物足りないと感じるなんて、私も焼きが回ったものだ。


掃除をしたり本を読んだりして、午後をぼんやりと過ごした後、適当な夕食を作って食べて、早々にベッドに入ることにした。

ひとりでも眠れるけどね。癪《しゃく》なことに、どうしたって久住くんのことを考えてしまうんだよ。

暗くした部屋で、もっと身体を動かしておけばよかったと後悔した。いい眠りが訪れそうにない。

久住くんのにおいに包まれながら、焦がれるようなもどかしさに襲われる。

この間もこんなだった。けれどあのとき眠れなかったのは、においが呼び覚ます記憶が鮮明すぎたからだ。

今じゃもう、久住くんの素肌の温度も思い出せなくなってきていて、そのことに気がついて眠れない。

聞いていいかな、久住くん。

どうして私を抱かなくなったの？


——暑い。

なんだか妙に暑い。

体調でも悪いのかと心配になり、枕元のライトのリモコンに手を伸ばしたとき、思いもかけない感触に腕がぶつかって、心臓が飛び出しそうになった。

ベッドの中に、誰かいる！

「きゃーっ！」

「うわ！」

飛びすさった結果、私は背中から床に落ちた。

パッとついた明かりの中、久住くんが目をすがめ、私を見下ろしている。一緒に寝ていたんだろう、部屋着姿だ。

「え……え？」

「なに、寝ぼけた？」

「なにって、そっちこそ、なんでいるの」

まだ全身がドクドクと脈打って、震えている。

ああびっくりした、びっくりした。

久住くんは眉をひそめ、身体を起こしてベッドの縁に腰かけた。

「なんでって、引っ越し準備が終わったからだろ」

「でも、だからって、いきなり」

「来ていいかって聞いたし、お前も返事くれたろ！」

「ええっ⁉」

覚えていない。

テーブルに置いていた携帯を慌てて確認する。確かに久住くんは連絡をくれていた。

【終わった、今から行っていい？】

そして私は、ほぼ即座に返信している。

【来て】

まったく記憶にない。半分寝ながら打ったんだ。

うん、とかいいよ、とかでもなく、【来て】ってなにこれ。

じわじわと顔に血が上ってくるのがわかる。

久住くんも、私の返信を妙だと思ったんだろう、さらに返事をくれていた。

【どした？】

私は力尽きたらしく、返信なし。

今が午前零時過ぎ。これらのやりとりは二時間ほど前だ。赤くなりつつ嫌な汗を流す私を、久住くんがじろっと見る。

「待っててくれてるもんと思って来てみたら、ガン寝だし」

「ご、ご、ごめん」

「それから、ひとりのときはチェーンかけろ」

「……はい」

そうだ、久住くんと暮らすようになってから、かけるくせが消えていた。

床に座り込んだ私の頭の中を、いろいろと反省したいことが駆け巡る。【来て】って、【来て】って……なんてことしてくれるのよ私……。

本心だった自覚があるだけに、恥ずかしすぎて消えてしまいたい。

「さっき、すげえ音したけど、大丈夫？」

「たぶん……」

身体のどこかが痛い気もするけれど、動揺が勝ってよくわからない。

久住くんが差し出してくれた手を握って、ベッドの上に戻った。手を離そうとしたところを、ぐっと握って阻まれる。

「なに？」

「あのさ」

言いづらそうに、久住くんが私を見た。目が合って、ぴんと来た。

「俺、あの返事で、けっこう期待して来ちゃってて」

「あ、そ、そう、だよね、ごめん」

「いい？」

問われたときには、触れそうな距離に唇があった。

さっきまでとはまた違う、熱い鼓動が身体じゅうを巡る。

「いいよ……」

答えたのと唇が重なったのは同時。優しく体重をかけられて、シーツの上に倒れる。

彼が枕元に手を伸ばすと、オレンジ色の淡い光を残して照明が消えた。

向こうの首に腕を回す。頭を抱くようにして降らされる、柔らかいキス。

「どうしたの」

「え、なにが？」

「なにか……よそよそしくない？」

私の疑問に、久住くんがちょっと困った顔をした。

「そんなことないと思うけど」

「久しぶりだからかな」

「そんなに久しぶりだっけ」

「六日ぶりかな……」

つい答えてしまい、案の定笑われる。

「数えてたのかよ」

「だって」

それまで毎日のようだったのがいきなり減ったら、なにかと思うじゃない。そういえば、いつが境目だったろう。久住くんの出張あたりだろうか。

「そのくらいなら、普通だろ」

言い聞かせるように、私の頬をなでる。

うん、確かに普通なんだけれどね。だけど普通でいいんだっけ、私たち？

ゆっくりと、久住くんの温かい手が私を溶かす。肌をなでてくれる指は穏やかで優しくて、このまま眠ってしまいたいほど。

全然意地悪しないんだね。こんなこともできるんだ。

ああこれ、まずいなあ。

汗で湿った背中にしがみついたとき、幸せというのか喜びというのか、そんなものが身体から溢れ出そうになった。

まずい。私、この人のこと本当に好きだ。

抱きしめられただけで泣きたくなるんだから、相当だ。

でも、なのか、だからこそ、なのか。

きっと明日からまた、不安を数える日々。

＊＊＊

受付フロアの廊下を歩いていたら、私の名前が聞こえた気がした。

声をたどって給湯コーナーを覗くと、ふたつの人影がある。ひとりは片手にプラスチックのコーヒーカップを持っている久住くんで、向かい合わせにこちらに背中を向けているのは……花香さんだ。

久住くんが私に気づいて、「よ」とカップを掲げてみせた。

「あっ、六条さん、ちょうどよかったです、お届け物に来ちゃいました」

振り返った花香さんが笑顔になる。

「いらっしゃらなかったら受付にお預けしようと思ってたんですが」

「わ、ありがとうございます。今ちょうど席に戻るところなので、いただきます」

「恐れ入ります」

社名の入った封筒を受け取り、中を見た。

「当日のガイドマップです。最終的には多言語化したいということでしたので、早めに内容を固めてしまおうかと」

「うわあ、助かります」

花香さんが突然、でへへえと笑い崩れたのでぎょっとすると、久住くんがカップを持った手でぞんざいに彼女を指さした。

「こいつ、六条のことが好きなんだと」

「えっ？」

「ちょっと、やめてよウフフ」

花香さんがにこにこしながら、顔中ピンク色にして久住くんをばしばし叩く。

「痛えよ」

「あの、六条さんすみません、お気になさらず」

「自分がこんなだからさ、お前みたいに落ち着いててきれいなタイプ、憧れなんだよ」

キャーと恥ずかしがりながら、小柄な身体が足踏みで弾んだ。

「あのっ、こんな男とご同期とか、さぞうんざりかと思いますが、私のことはどうか嫌いにならないでください」

「お前に言われたくねえよ、自己中女」

「は？　ごめん聞こえない」

「頭来るわマジで……」

「六条さん、もし三十分ほどお時間よろしければ、マップについてご説明させてください、いかがですか」

「あ、はい、大丈夫です」

「賢児も?」

「いいよ、じゃあPC取ってくる」

カップを捨てて、久住くんが階段のほうに向かう。「商談ブースにいるね」とその背中に声をかけた。了解のしるしに片手が振られた。

受付の横にある、パーテーションで仕切られたブースのひとつに入ったところで、花香さんがなにやら悪い笑みを浮かべた。

「いやあ、あの男も六条さんのこと、かなり好きですね」

一瞬意味がわからなかった。

「はっ、え? 久住くんですか?」

「はいー、もう見ていればわかります」

弱みを握った気分らしく、くくくと喉を鳴らしながら、マップをテーブルの上に並べていく。

「あの男、すっごい猜疑心《さいぎしん》強いんで、見た目親しげでも、ばりばりにバリア張ってるんですけど。六条さんには完全にオープンですもん」

「え……」

「六条さん」

勢いよく身を乗り出してきた。大きな目がきらきらしている。

「は、はい」

「私、あの男のクズエピソードならそこそこ持ってるんで、ご活用ください」

クズエピソードって。久住くん、なにしたの。

「あの、ちなみにおふたりの出会いって」

「あ、合コンです」

例の、調子に乗っていた時代か。

「なれそめ的な部分に関してもですね、立派なゲスい話が、痛！」

後ろからノートPCでボコンと彼女の頭を叩いたのは、追いついてきた久住くんだ。

殺気に近い怒りを発している。

「お前、そういうのは反則だろ……」

「あっ、久住さん、お待ちしてました」

「勝手に対外モード入んな。誰がゲスだ」

「始めてよろしいですか？」

血管が浮き出そうなほどの苛立ちが伝わってくる。しかし久住くんはぐっとこらえ、仕事に徹した。


「あいつ、お前に近づくために俺を売る気だ」

「買われたら困る情報でもあるの？」

夜、買ってきた缶ビールをテーブルに並べながら、久住くんがしばし考え込み、難しい顔で「ある」と言ったので笑ってしまった。

「なにもおかしくねえんだけど」

「久住くんもそういうの気にするんだね」

「そりゃするよ、ほかの奴ならともかく、お前相手だし」

「私、昔の話とか気にしそうな感じ？」

「そうじゃないけど」

ずらっと並んだ缶を、どれから飲もうか物色する。

「それ取って」

「ん」

青色のを指さすと、久住くんがそれを取り上げ、開けてから私に渡してくれた。それから自分の分を選び出し、プルタブを引きながらふてくされた声を出す。

「お前に軽蔑《けいべつ》されたら、きつい」

バリアの話を思い出した。あれは、どこまで本当なんだろう。

「浮気は？」

「してない」

「じゃあ、どんな話を聞いても大丈夫だと思う」

「聞く気だな」

「あそこまで言われたら気になるもん」

ギュッと首に缶を押しつけられて、思わず「冷たい」と身を震わせた。

久住くんが背後のベッドに頭を預けて、ぐったりと天井を見上げる。

「とっととお前とのこと、話しときゃよかった」

「なんだかんだ花香さんに優しいね」

そう、あれ以上言われたくなければ、私と付き合っていると教えればいいだけだったのだ。そうしたらさすがの彼女だって、悪口雑言を控える。それをしなかったのは、私の相手をボロクソに言っていたと知ったら、花香さんが気に病むからだ。罵り合ってはいても、やっぱり傷つけたくない相手なんだろう。

「まあ、機会があれば伝えとくわ」

「賢児って呼ばれてたんだね」

「あいつ、そんな話もしたの？」

……私の前で呼ばれて、返事していたじゃないか。気づいてもいなかったのか。

当時を思い出しているのか、ぼんやりした様子でビールを飲んでいる。その横顔を見守っていたら、ふいに視線がこちらを向いた。

「浮気されたことあるのか」

「え？」

なに、さっきの話？

私は軽くうろたえ、缶の水滴を無意味に指で拭った。

「実は、一度ある」

「かわいそうにな」

右手が伸びてきて、私の頭をよしよしと掻き回す。

「まあ、されるほうにも原因がって言うし」

「んなわけねーだろ、するほうが悪いよ」

学生時代の話だし、関係が冷えた後のことだったから、ショックではあったものの、トラウマになるほどつらい思い出でもないんだけれど。

こんなふうに優しくしてもらえるなら、浮気されておいてよかった。

なんて現金なことを思ってしまう。

「久住くんも、私の昔の話とか、気になったりする？」

ハーブチーズの箱を開けていた久住くんが、「え？」と聞き返してから、なにやら思案し、やがて首を振った。

「いや」

まあそうだよね。

ちょうだいと出した手のひらに、チーズを何個か載せてくれる。

「気にはなるけど、聞きたくはない」

「え、どういうこと？」

「微妙な気分になるってこと」

小さなキューブ型のチーズのアルミ箔をむきながら、そう言って小さく息をつく。

私の視線に気がつくと、自分の手の中と私を見比べ、仕方なさそうにそれもくれた。

催促したわけじゃなかったのだけれど、もらっておく。

「まあ、私は真面目だったから、特に話すようなネタもないんだけどね」

「ケンカ売ってんのか」

「自分で話すほうが気が楽なんじゃない？」

覗き込んだら、顔を押しのけられた。

「その手に乗るか」

ねえ久住くん、花香さんと一緒にいるところを私に見られても、少しも動じなかったのはなぜ？　後ろ暗いところがまったくなかったから？　それとも、気にする必要もないと思ったから？

言い争うふたりは微笑ましくもあり、けれど見ているとやっぱりどこか心が痛む。

私はあんなふうに、本音でぶつかる関係には到底届いていない。

「なんだよ」

「なんでもないよ」

「なら見るなよ」

なのにそうやって、耳を染めてくれたりする。

プライドを見せてみたり素直だったり、忙しい。

くすくす笑う私を横目で睨んで、久住くんは悔しそうに唇を噛んでいた。

＊＊＊

「ごめんね、ＷＤＭの件、途中で離脱して」

「とんでもないです、お世話になりました」

さすが久住くんの先輩と言おうか、乾杯したばかりなのに向井さんはもうジョッキを空にしている。今夜はけっこうな量をいきそうだ。

「こちらこそ、いろいろ勉強になったよ」

ささやかな壮行会の会場は、純和風の居酒屋だ。

海外に行ったら絶対こういうのが恋しくなるからと久住くんが選んだお店。

「奥さんも一緒でしたっけ？」

メニューを渡しながら久住くんが尋ねた。向井さん、既婚だったのか。

「いや、置いてく。仕事辞めたくないってさ」

「単身かあ、楽しいって話と孤独って話、両方聞きますけど」

「赴任地によって違うんじゃないか？　地方だと厳しいらしい」

「あー」と久住くんが納得した。

「じゃあ今回は平気ですね、ハメ外してる気配あったら俺、奥さんにチクるんで」

「マジでやめろ」

「奥様って、社内ですか？」

聞いた私に、向井さんがはにかむ。

「元、ね。今は転職してる」

「向こうでお仕事探すとか、やっぱり難しいんですか」

「海外駐在員の配偶者は、現地では就職できないんだよ」

久住くんが説明してくれた。

えっ、そうなの、なんで？

「なにかの決まり？」

「少なくともうちの会社規定でNGだし、そもそも国が禁止してるとこがほとんどだ。自国の雇用を守るためだろうな」

「知らなかった」

「いいなあ駐在、俺も早く出たい」

憧れの混ざった、久住くんの声。

出たいんだ。当然か。駐在経験をしてようやく一人前って、前に聞いたものね。

「そろそろじゃないか？　何年目だっけ、お前」

「五年目です」

「現場として行くなら一番いいときだな、来年あたり話あると思うよ。そろそろ帰ってくる奴がいるだろ、それと入れ替わりに」

「せっかくならアジア狙いたいですね」

久住くんが頬杖をついて、にやりと笑う。

「今、一番おもしろい市場だもんな。でも試されるものも大きいぜー」

「望むところでしょう」

楽しそうにやりとりする彼らを見ながら、私は久住くんと初めてＷＤＭの会議で同席したときのことを思い出していた。あのときもこんなふうに、違う世界の人だと思ったんだった。

今はもう、そんなこともないと知ってはいるけれど。

でも、どうしてだろう。

最近少しずつ、久住くんが遠くなっている気がする。

少しずつ、少しずつ

「六条さあん！」

花香さんが廊下をすっ飛んできた。

運営会議が終わったところで、幸枝さんは先にフロアに戻っている。

「すみません、私、知らないとはいえ、散々なことを」

「あっ、お聞きになったんですね。お気になさらず」

「本当に、なんとお詫びしてよいやら……」

花香さんは青ざめて、大粒の涙さえ浮かべている。

そこに久住くんが追いついてきた。

「お前、謝罪のスピードすげえな」

「あんたね、こんな大事なこと、もっと早く教えろこのクッ……う、ぐ」

「あの、そこは出していただいていいですよ、気にしませんし」

「いえっ、そんなわけには」

「こう言ってくれてるんだから、本性晒《さら》しとけよ、名前負け」

「今なんつった？」

確かに名前は彼女の逆鱗《げきりん》らしく、一瞬で目を吊り上げて噛みつく。久住くんは人の悪い笑みを浮かべ、私の肩に腕を乗せた。

「まあそういうわけなんで、今後俺の悪口は、お前のためにならないぜ」

「うん、六条さんの前では……我慢する」

「ほかにどこで言ってんだ、おい」

「あんたって、女の趣味だけは悪くないよ……」

「お前が言うか……」

そのとき気がついた。悔しそうにしくしくと泣く花香さんの指に、光るもの。

「花香さん、それ」

「えっ、あ」

私の指した先を見て、パッと頬を染める。久住くんも気づいたらしく、驚きの表情になった。花香さんは恥ずかしそうに頭を掻きながら、エヘへと笑った。

「先週もらったんです、来年には人妻ですわ」

「マジかよ！」

「すごーい、おめでとうございます！」

私はすっかり興奮し、「見せて見せて」と薬指に輝く指輪に食いついた。プラチナの台座にダイヤモンドが嵌《は》まった、古典的なデザイン。

うわあ、素敵だなあ、やっぱりこういうのは王道に限る。

「お相手、どんな方なんですか」

「三つ上で、社内なんですよ。私、今までの人生、男運最悪だったんで、ありがたいばっかりで、もう奇跡だと思ってます」

久住くんは完全にブラック認定なのね……。

一方、〝最悪〟に数えられた当人は、言葉を失って呆然としている。

そうだろう、現状はどうあれ、元カノの結婚は衝撃に違いない。

「式は?」

「まだこれから計画するところで」

教会式、それとも神前?とガールズトークが盛り上がる中、いつまでたっても久住くんがなにも言わないので、肘で小突いた。

「いてっ、なんだよ」

「お祝いの言葉とか」

「あ、そうか、おめでとう」

皮肉でもなんでもない、純粋な祝福の言葉に、花香さんがきょとんとする。その様子を見て、久住くんが微笑んだ。

「幸せにな」

「あ……ありがと」

花香さんは照れて、まっすぐな髪を、真っ赤になった耳に何度もかける。

「お前を嫁にするなんて、できた人もいたもんだなあ」

「ほんとだよね、やっぱりこれまでの男とは器が違うっていうか」

「おい」

いつもの流れになったところで、花香さんがふふんと笑んだ。久住くんの鼻先に人差し指を突きつけて高らかに言う。

「六条さんに捨てられても、私の幸せ、邪魔しに来んなよ！」

「頭沸いてんだな、気の毒に」

「アディオス！」

唐突にそう言い放ち、エレベーターに飛び乗って行ってしまった。

やっぱり恥ずかしかったんだろう。かわいい。

久住くんはまだ、どことなくぼんやりして、花香さんの消えたほうを見ている。

「ショック？」

「ん……いや、どうだろな」

声をかけると、戸惑いを見せながらも笑った。

「複雑？」

「なんだよ、絡むな？」

「いいじゃない、教えてよ、どんなお気持ちですか」

本気で聞いてみたくもあり、またしても自虐的な思いもあり、なにも持っていない手で、マイクを向けるふりをしてみる。

久住くんは照れくさそうに足元を見て。

「まあ、あいつが幸せなら、嬉しいです」

彼らしい飾らなさで、そう答えた。

＊　＊　＊

「こういうの、置いといてもいい？」

洗面所から声がした。歯ブラシやシェーバーなどのことだろう。

「いいよ、もちろん」

ベッドの上で洗濯物をたたみながら返事をする。半分は久住くんのシャツや下着だ。スーツとか部屋着とか、ワンセット置いていけばいいのに。そうしたらいつだって泊まりに来られる。けれど、そうしたものを片っ端からスーツケースに詰めている様子を見ていたら言い出せなかった。

この生活も、いよいよ終わりが見えてきた。

「ほんとに手伝ってもらっちゃっていいの、引っ越し」

「いいよ、どっちの部屋に行けばいい？」

「今の部屋かな、時間差でどっちかが新居に行く感じで」

「掃除用具持っていくよ」

明後日には彼は、新しい部屋で暮らし始める。連絡も約束もなしに一緒にいることができた時間は、もうおしまい。

「そういやこの間片づけに戻ったら、隣の部屋の黄色いテープ、なくなっててさ」

「警察の？」

「そう、容疑者っぽい奴も捕まったって、大家からの情報」

たたんだ下着類を渡すと、枚数を確かめもせずにスーツケースに入れる。なんだよ、一枚くらい残しておこうよ。

「よかったねえ」

「でも訳あり物件になっちまったわけだろ、借り手探すのも苦労するだろうし、そんな中で出ていくの、申し訳ないなって思ってたんだけどさ」

ひと月近くいるうちに、本も増えた。テーブルと枕元と本棚とに散らばったそれらを集めながら、久住くんが続ける。

「そういう物件を好んで借りるマニアがいるらしい。俺の部屋ももう、次が決まってんだってよ」

「考えられない」

「需要と供給ってやつだよなあ」

経営やマーケティングの本を数冊、スーツケースの下のほうに詰めると、部屋からはほとんど彼のものが消えた。なんだか急に、がらんとして見える。

「よし、終わった」

「明日の夜は、向こうで寝る?」

「そうだな、俺、昼間用事あるから、そのまま家帰るわ」

疲れたらしく、私のいるベッドに上がってくると、ばたんとうつぶせる。

お別れが、覚悟していたよりいきなり半日も早まって、私はめげた。そして久住くんが特に名残を惜しんでいる様子もないことに、さらにめげた。

夕食くらい、一緒に食べたかった。

「なあ」

「なあに」

「マッサージして」

人の気も知らないでこの野郎、と思いながらも、伸びきった身体にまたがって、肩からほぐしにかかる。ガチガチだ。

「運動不足でしょ」

「忙しくて……」

肩甲骨周りに取りかかると、久住くんが満足そうに呻いた。

「六条、金取れるよこれ」

「実際これで長年、お父さんからお小遣いもらってたの」

「いくら？」

「十分五百円」

「今度メシおごるわ」

「何分コースにします？」

「寝るまでやって」

「五分で落としてあげる」

「いいね、エロい」

言いながら後ろ手で私の腿《もも》をさわってきたので、脇腹をくすぐってやった。

「うわ！」

活きのいいエビみたいに跳ね起きた久住くんが、仕返しに手を伸ばしてくる。脇をガードしつつ、向こうの弱いお腹周りを狙って、同じように首筋を狙われて、最後にはくんずほぐれつのもみ合いになった。

ぐちゃぐちゃになった布団にまみれてキスをした。久住くんは楽しそうに笑っていて、そのことで私は勝手に、突き放されているような気分になる。

こんなにさみしいのは私だけか、畜生。

シャワー上がりの湿った髪を、腹立ちに任せてぐしゃぐしゃと掻き混ぜてやると、身体ごと飛びかかるみたいな手荒なキスをされ、歯がぶつかってガチンと鳴った。

「痛い！」

「お前が悪い」

私の顔を両手で挟んで、今度は柔らかい、深いキス。親しげに舌を絡めてきたくせに、やっぱりその夜、彼が私を抱くことはなかった。

腕の中で寝たふりをしながら、涙が出そうになった。

身体だけなのが嫌で、付き合おうなんて無茶を言い出したくせに。結局身体だって、途中で飽きちゃうんじゃない。

じゃあこの次には、なにが待っているのかなんて、怖くて考えられないよ。

どこまで人を振り回せば気が済むの。

＊　＊　＊

「いやいや、ほんとむかついて別れましたよ、ちょけた男でしたわマジで」

週明け、打ち合わせしたいことがあったので会えないかと打診したら、『会社の金で女子ランチミしましょう！』と花香さんがお店を予約してくれた。来てみれば、いかにも女子会向きなハワイアンカフェだ。

会話が流れていくうちに、いつしか久住くんの話に行き着き、本当に気にしないかおらどうか本音でとお願いしたところ、徐々に花香さんは舌鋒《ぜっぽう》の鋭さを取り戻し、こんな感じになっている。

「でも、息ぴったりに見えますよ」

「それはこういう関係で再会したからで。当時は本気を込めて言い合ってたんで、ボロボロでしたよお互い」

そういうものか。ケンカするほど、なんて彼らを見ていると言いたくなるけれど、本人たちじゃないとわからないことも、たくさんあるんだろう。

「それで距離置いたんですよ」

「だから、冷戦」

「です」

ハイビスカスの添えられたドリンクをすすりながら、花香さんが頷いた。

「六条さんは？　これまでそういうバトルになった相手っていました？」

「ないなあ、私けっこう、言いたいこと飲み込むタイプで」

「そんな感じします、でもダメですよ、特にあの男相手には。言いたいこと全部言ったって、気持ちなんて半分くらいしか届かないんですから」

ぎくっとした。

全部言ったって届かない。それって真理かもしれない。

「まあ、私はこの通りわがままなんで、向こうを疲れさせてた自覚はありますよ、今思えばですけどね」

昨日の引っ越しはつつがなく済んだ。集中して荷ほどきしたいだろうと、私は早々に退散してきた。夜に、だいたい片づいたという進捗《しんちょく》報告と、手伝いへの感謝のメッセージが簡潔に届いて、それで終わり。

今日は会社でも会えていない。

正直さみしい。

でもそんなこと言ったって仕方がない。

でも言わなきゃ届かない？

でも届けたら、それはわがまま？

でも、でも、でも。

私は昔からこういうのが下手くそだ。どこまで伝えてよくて、どこからがダメなのかがわからない。

「六条さん、大丈夫です？」

「えっ、すみません、なんでですか？」

「ため息ついてましたよ、何度も。あの男のことでお悩みなら聞きますよ。代理でぶちのめすとかもやりますよ」

シュッシュッとシャドーボクシングの真似をして笑わせてくれる。私は強がっているのを承知で、「大丈夫ですよ」と首を振った。


「六条」

「わっ」

階段を上っていたら、いきなり目の前に書類がかざされて、つまずきそうになった。半階上にいる久住くんが、手すりから腕を垂らして笑っている。

「びっくりした」

「これ、忘れもん」

踊り場まで下りてくると、上着の内ポケットからなにかを取り出した。私のシュシュだ。

「あれっ、ごめん、そういえば」

引っ越し作業の最中、髪をほどいてそのまま置いてきてしまったのだ。

後でよかったのに、と言おうとして、後なんてないことに気がついた。

家に帰っても、久住くんはもういないんだよ、バカ。

「……ありがと、わざわざ」

「部屋片づいたからさ、週末とか、来いよ」

「行く行く」

「周辺の店散策したいんだけど、ひとりだとさみしい」

なんだかかわいいことを言っている。

「今度回ろう。気になるとこ目星つけておいて」

「あ、そこのきみね、ちょうどよかった」

そこにいきなり男性の声が割って入った。振り返って、うわっと思わず身構える。

この間の、営業部の人だ。

「特約店会議の、当日の動きについてなんだけど、早く本部長に説明をしてほしいんだよね」

「はい、来週、ご説明のお時間をいただいています」

「来週じゃ遅いよ、すぐやって、すぐ」

「承知しました」

来週を指定してきたのは先方です、とここで言っても始まらない。

本部長はスケジュールが過密な上に、思い立ったら即行動の人なので、営業部の彼も振り回されているのだ。ここは助け合いだ。

「すぐ調整します」

「よろしくね」

言い置いて、彼はさっさと階段を上っていってしまった。

私はカスタマー部門に行く用事を後回しにして、フロアに戻ることにした。

「急いで準備しないと。じゃあね」

「おい……」

階段を下りかけたところを、腕を掴んで引き止められる。振り返ると、久住くんが眉をひそめて、なにか言いたそうにしていた。

「なに？」

「あ、いや」

手を離して、口ごもる。

「お前さ、なんかもっと、主張しろよ」

えっ、なんの話。

「主張って」

「さっきの人、同じ国内営業だろ？　もの頼むのに、『そこのきみ』ってことねえだろ、名前くらい呼んでもらえよ」

「でも……たぶん、私の名前を知らないんだと思う」

「だから、それがおかしいんだって言ってんの。お前、WDMに関しちゃ、メイン級の担当者だろ、だったらもっと前に出ていっていいはずだぜ」

「うちの部署は裏方なんだって」

「そういうこと言ってんじゃなくてさ」

久住くんがいらいらと髪を掻き上げる。私はなにを責められているのかわからず、困惑した。

「特約店会議っていったら、営業本部全体に関係する大イベントだろ、それを仕切ってんだろ？」

「それは、そうだけど……」

「悔しくねえのかって話だよ、あんな、小間使いみたいな扱いされて！」

ショックが身体を駆け抜けた。プライドがない、と言われた気がしたからだ。いや、実際言われたのだ。

言葉が出なくなった私に、久住くんが気づいた。ハッとその目が見開かれて、後悔の色が表れる。

「悪い、俺……」

「ううん、あの……私、急ぐから、これで」

彼のほうを見ずに、階段を駆け下りた。

「六条！」

頭上から聞こえる声を必死で無視した。

心臓が鳴っていた。まさかあんなふうに否定されると思わなかった。

私だって別に、今の状況がベストだなんて思っていない。名前だって、覚えてもらえるほうが、そりゃ嬉しい。

でも、それがなによ？

すべてが円滑に回るように、入念に準備しているよ。全体の進捗も細かな案件の進み具合も、全部把握している。それでもダメなの？　裏方に徹するのは、プライドのない働き方なの？

久住くんにはわからないよ！

フロアに駆け込んでPCを開いた。息が整うのも待たず、メールを打ち始める。

「なにかあったの？」

声をかけられて、びくっとした。隣に幸枝さんがいたことに気づかなかった。

「あの、この後、本部長説明をすることになって」

「いきなり？　また営業部が無茶言ってきたんだね、手伝うよ」

「ありがとうございます」

指が震える。なんとか泣かないようにするのが精一杯だった。

家に帰っても、久住くんはいない。次に会う約束もない。会いたいと思ってもらえているのかも、わからない。

遠い。

遠い。

ひっきりなしに打ち間違いをするキーボードを引っ叩きたくなった。

わななく唇を噛んだ。

久住くんが遠い。

――遠い。

素直ってどういう

「なんというか、余裕のないスケジュールだね」

「申し訳ございません、当日はスタッフが一名つき、ご案内いたしますので」

返ってきたのはため息だけだった。大柄な身体に太い声の国内営業本部長は、国内部門で叩き上げた、典型的な営業畑出身の人だ。

「では、各コンテンツの概要を」

「いいよ、後でなんとなく目を通しておくから」

出しかけた資料は、おざなりな手の振りひとつで拒絶された。

これは当日の動きを〝早く知りたかった〟わけじゃない。早く〝説明させたかった〟だけだ。まあ、上のそういう満足を実現するのも、下の務めだ。

「資料を一部お渡しいたします。更新され次第お届けいたしますので」

「後手後手にならないように頼むよ。代理店にちゃんと言うこと聞かせてる?」

曖昧に笑みを返した私を、探るような目つきで一瞥《いちべつ》し、本部長は「説明どうもね」と言い残して会議室を出ていった。

説明に使った資料を片づけながら、気持ちが沈んだ。

代理店さんは全力でやってくれている。須加さんだって花香さんだって、文句のつけようのない正確さとスピードで、イベント成功のために動いてくれている。

それをあんなふうに言わせたのは、私だ。

久住くんが言ったのは、こういうことなんだろうか。

私が日陰にいたら、関わる人にも日は当たらない。だからもっと悔しがれ、前に出ろって。

不甲斐《ふがい》なさに、しばらく立ち上がるのも忘れた。

＊＊＊

「あっ、乃梨子ちゃん、出社早々悪いんだけど、こっち来て」

翌日、特約店会議の会場となるイベントホールで、下見を兼ねた打ち合わせをしてから出勤した私を、待ちかねたように幸枝さんが手招きした。

「それＷＤＭの資料？　ならそのまま持ってきてくれる？」

「えっ？」

なんだろう。

呼ばれた会議室に入って、ぎくっとした。久住くんがいたからだ。

幸枝さんのほかには時田《ときた》課長、それからもうひとり、久住くんと並んで座っている男性。海外営業、企画課の永坂《ながさか》課長だ。つまり久住くんの上司。

席についた私に、時田さんが確認してきた。

「六条さん、僕が展開したメール見る暇なかったよね」

「はい、すみません、なにかいただいてましたか」

どうやら外出している間に動きがあったらしい。議題を把握していないのは私だけのようだった。

「海外企画さんから要望というか、提案をいただいてね、WDMの冒頭で、特約店への挨拶として、本部長にスピーチをしてほしいと。英語で」

「英語で……！」

絶対に無理だ。

本部長は『日本語しかわからん』を豪語してはばからない人だ。今でこそ英語力が昇進の条件になっているものの、昔は違った。英語の試験を逃れて上に昇った結果、役員クラスになっても英語が苦手な人は多い。

特に国内営業本部は、海外事業そのものにアレルギーがある。その象徴である英語を人前でしゃべらされるなんて、屈辱以外の何物でもない。

「海外の特約店が一斉に集まる、初めての機会です。現状では、会議の冒頭はＭＣの簡単な挨拶で始まるとありますが、我々としてはもう少し形が欲しいのです」

永坂さんが、柔らかな口調ながらもきっぱりと言う。時田課長と同世代だろうか。フレンドリーに見えて抜け目のなさそうな物腰は、久住くんと似ている。

私は手元の資料でタイムテーブルを確認した。二十分ほどであれば、スピーチを追加すること自体は可能だ。

「同時通訳ではダメなんでしょうか。スピーチの場には国内の特約店もいます。半数以上が彼らなのに、あえて英語というのは」

「海外の特約店を呼ぼうと言っていただいたのは、その国内の方々に対し、我々はグローバル企業であり、世界を見て動く必要があることを知ってもらいたいから、でしたよね」

逃げ道を封じるように、ぴしゃりと言ったのは、久住くんだ。

確かに私たちはそう説明して、久住くんたち海外企画の協力を仰いだ。でもそれは、あくまで大目的であって。方便だったとまでは言いたくないけれど、そのためならなんでもできるかと言ったら、そうではなくて。

……こんな提案をしたら、本部長がどれだけ激昂《げっこう》するか、目に見える。

「そんな場で、日本語を使うのはもったいない。本部長は役員でもあります。不慣れなのは承知の上ですが、国内、海外双方へのアピールとして、取引の公用語で語りかけるのは有効です」

公正で、視野が広くて、無駄なく冷静な発言だ。久住くんの言葉でなければ、海外企画の意見として受け止められたのに。

今の私には、なにを言われても自分への糾弾《きゅうだん》に聞こえる。怒らせるのが嫌で、やるべきことから逃げるんだな？　そう言われている気がする。

「六条さん、どうだろう、イベント的には入るかな」

「スケジュール上は大丈夫です、調整が必要ですが」

「僕は挑戦したいと思ってる、どう？」

時田課長が、まっすぐな目を向けてきた。

もちろん、実現したら素晴らしい前例になると思います。……でも。

「……いいと、思います。諸方調整します」

「本部長への提案は、国内さんからしていただけますか」

久住くんの声に、愕然《がくぜん》としてそちらを見た。

「そのほうが聞き入れていただける可能性が高い。我々も同席はしますが」

どうしてか久住くんは、課長でも幸枝さんでもなく、私を見て言った。

そんな、これじゃあ……。

「おっしゃる通りだと思います。六条さん、説明の日程を組もう」

「はい……」

私がやる、のか。当然だ、担当なんだから。私が全部やって当然だ。

非難だって罵倒《ばとう》だって、私が受け止めて当然なんだ。


「六条さん、根詰めすぎじゃないですか」

「えっ」

須加さんがメモを取りながら、気遣うように笑った。本部長のスピーチを入れることになったと連絡したら、調整のために単身飛んできてくれたのだ。

「もう少し僕らを使ってくださっていいですよ、今回の件も」

「もちろん、お任せしてます、むしろ頼りきりで」

「でしたらもっと楽にしていてください、汗なら僕らがかきます」

スピーチの影響で、運営のあちこちに変更が出る。機材、ほかの役員の動線、ホテル、タクシー、案内スタッフ等々。須加さんは嫌な顔ひとつせず、それらの整理を請け負ってくれた。

「リハーサルも追加ですね」

「あっ、そうですね、入りの時間を変えなきゃ。一度ホテルかな……」

「アーリーチェックイン可能ですよ」

「本当ですか、じゃあそれでスケジュールを引き直します」

「今度、飲みに誘っていいですか」

「はいっ？」

あちこちに訂正事項を書き入れていた私は、思わず素っ頓狂な声をあげた。

優しげに整った顔が、楽しそうに微笑んで、こちらの反応を探っている。

須加さんて、いくつだっただろうか。三つか四つ上のはず。

「六条さん、おもしろそうなので、一度じっくりお話したかったんですよね」

「ご期待には沿えないかもしれませんよ」

「僕が誘ったら、まずい人います？」

そつのない言葉選びはさすがだ。明らかに男の人としての誘いであるのに、仕事上の付き合いを出ないようなニュアンスでまとめられている。

『まずい人』

浮かぶのは久住くんの顔。

相手がいるのかと聞いてもらえたら、頷くくらいはできただろうに。こんなふうに曖昧に投げられたものを、いますとはっきり返せるほど、私には自信がない。

「……ええと、どうでしょう」

「微妙な感じですか、なら誘いますね」

須加さんはそう言って、ほがらかに笑った。


「いやあ、やられたね」

席に戻ったら、幸枝さんがペットボトルの水をビールかなにかのように飲み干して、ふーっと息をついていた。

「さすが久住くん、切り込んでくるねえ」

「説明日程、取れました？」

「ちょうどほら、乃梨子ちゃんが押さえてたところが、まだ空いてたの」

ということは来週早々だ。それまでに説得材料を用意しないと。

「そもそもの言い出しっぺはこっちだもん、引くに引けないよね」

「課長も前向きですもんね」

「ま、頑張ろう、なにか言われたら、って言われるに決まってるけど、私も援護射撃するからさ」

背中を叩いてくれる幸枝さんに、力なく笑って返した。

＊　＊　＊

【そろそろ終わる頃かな？　お疲れ様、早く帰ってきて、待ってるよ。大好き】

お姉ちゃん……。

姉から届いた、どう見ても宛先違いのメッセージを読んで衝撃を受けた。

ベッドに寝転んで、枕を抱える。

なにこれ、日常的にこんなこと送っているの？　夫婦ならこういうのって、普通なの？　いや、絶対違う。

「もしもし奈々子さん、お間違えですよ」

《電話来た瞬間気がついた！　恥ずかしいー！》

「いつものノリなの？　すごいね」
《だって本心だもん》
……まあ、そうなんだろうけどね。
《リコちゃんだって、賢児くんにこのくらい、書くでしょ？》
「いやいやいや」
賢児くんにどころか、人生においてこんな文章、一度だって書いたことない。私がやったらいたずらと思われて終わりだ。
《でも、気持ちはあるでしょ？》
「いや……ここまでは」
《素直じゃないなあ》
優しい声が、胸に刺さった。
ねえお姉ちゃん、素直ってなに？
たとえば今ね、私、久住くんに会いたくて仕方ないの。仕事のこととか全部横に置いておいて、うちに住んでいたときみたいに、じゃれ合ったりできないかなって思っているの。
でもそんなこと、伝えたくないのも本当の気持ち。だって拒絶されたら怖い。

これって素直なの、素直じゃないの？

ぶつけるのが素直で、黙っているのは素直ではない？

どちらも自分の気持ちの通りだとしても？

《賢児くんとうまくいってないの？》

「うーん……どうなんだろう」

《お姉ちゃんを見習って、会いたい大好きって書いたらいいよ》

「無理だって。引かれるよ」

《なんで？　自分が書いてもらったら嬉しくない？》

「まあ、書き方はともかく、気持ちは、嬉しくは、あるけど」

《ほらあ、みんな嬉しいのは同じ。どうして賢児くんは違うって思っちゃうの》

それはね、自信がないからだよ。お姉ちゃんみたいに、愛して愛されている自信が全然ないから。そもそもそんな関係でもないからなんだよ。

電話を切ったら、なんだかくたびれて、シーツに顔を伏せた。

ひとりきりの今、シャワーを浴びる必要もないし、このまま寝てしまえ。

週末に、枕カバーもシーツもまとめて洗おう。恋しいだけのにおいなんて、さっさと消すに限る。

部屋を暗くしてからも、頭の中をぐるぐると、答えの出ない問いが回った。
素直ってなに。
素直ならなんでも許されるの？
素直とわがままの境目って、どこ？

＊　＊　＊

《修正したマニュアルをお送りしました。メールご確認ください》
「えっ、もうですか、早い」
《来週ご説明でしょう？　そのときにあったほうがいいかと思いまして》
さすが須加さん。助かるなんてものじゃない。心からの感謝を伝えて電話を終えようとしたところで、《お誘いなんですが》と切り出され、どきっとした。
《ご説明が終わるまではそれどころじゃないでしょうから、その日の夜なんていかがですか。食べたいものをリクエストしてもらえるとありがたいです》
受話器を持つ手に、力が入った。
まあでも別に、代理店の営業さんと飲みに行くなんて、珍しくもない。

「寒くなってきたので、お鍋とか」
《モツ食べられます？》
「大丈夫だと思うんですけど、実はあんまり経験ないです」
《任せてください》
私の腰が引けていることに、気づいているんだろうなと思った。それも含めての『任せてください』なんだろう。仕事も続いている中で、気まずい着地は絶対にさせませんから、と。
それがわかると少し気が楽になって、私は「楽しみです」と正直に伝えて受話器を置いた。

帰り道、駅に向かう雑踏の中に、久住くんの背中を見つけた。

距離があるので、私の足では追いつくのは難しそうだと諦めていたら、彼の通ろうとした改札が少し先で不調を起こし、数名がこちらの列に合流してきた。

「すみません……あれっ」

「お疲れ様」

「よお、お疲れ」

会ってしまった。

並んで歩くでもなく、なんとなく同じ流れに乗ってホームを目指す。

「悪いな、いろいろ」

ふいに久住くんが、すまなそうに肩をすくめた。いろいろって、なんだろう。

「ううん、平気」

「そっか」

あれ、私、なんのこと言われたのかもわからないのに、平気なんて言った。

真意を聞きたいとか、私の話も聞いてほしいとか、それこそいろいろあるのに、そんな曖昧な片づけ方してしまったら、もうなにも言い出せないよ。

うまく誘導したのか、本気でこれで済んだと思っているのか、久住くんはなにも言わずホームに入り、「じゃあな」と私を置いて先に行った。彼の駅の出口は、ホームの一番奥にあるからだ。

「うん……」

手を振ろうとして、衝動に襲われた。

嫌だ。離れたくない。

とっさに彼のスーツの裾を掴んでいた。

「あの、今から、へ、部屋行ってもいい？」

足を止めた久住くんは、びっくりした顔をしながらも頷いてくれる。

「いいよ」

「泊まっていい……？」

それだけは避けたかったのに、結局、すがるような声になった。

最悪。こんなの、脅迫でしょ。

「……いいよ」

ごめん、言わせた。

みじめな気分になって、いっそ撤回しようかとスーツを離すと、その手を握られた。

顔を上げたときには、久住くんはもう歩き出していたから、表情は見えなかった。

指を絡めるでもない、こっちだよ、って導くためだけみたいに繋いだ手。

ねえどうしてこんなことするの。会社の駅だよ、誰かが見ているかもしれないよ。

気づいているよね。私たち、手を繋いで歩くのなんて初めてなんだよ。一緒に出かけはしても、そんなこと一度だってしなかった。

心が震えて、痛いくらいだ。手のひらから、熱と一緒に全部、伝わってしまいそうで怖い。

久住くん、私、あなたが好きなんだよ。

玄関を入った途端、壁に押しつけられて唇が重なった。

手は駅からずっと繋いだままで、もうどっちの体温かわからないくらい熱い。

壁に置いた片手で、私をゆるく拘束して、久住くんは長いキスをした。泊まりたいという言葉の裏の、私の欲求を感じ取ったに違いない。もつれ合うように部屋に上がり、ベッドに倒れ込む。

見上げる先で、久住くんがネクタイを首から抜き取った。上着を脱ぎ捨てて、ワイシャツから腕を抜きながら私にキスをする。身体を起こして、ひと息にTシャツを脱いで頭を振る。その仕草は高校生くらいの男の子みたいに見えた。

裸の上半身がこちらに倒れてくる。受け止めながら、なにかおかしいと頭のどこかが感じていた。

これでいいんだっけ。

首筋へのキスと同時に、ブラウスのボタンに指がかかる。上のほうを最低限外しただけで、久住くんは手を差し入れてきた。

残りを私が自分で外すと、待っていましたとばかりに下着ごと肩からずり下ろされ、むき出しになった肌に甘く歯を立てられる。

次第に息が上がってくる。腕の内側を舌が這ったとき、こらえきれずに最初の声を漏らした。

でもやっぱり、なんだろう、なにか違う。強烈な違和感。

このまま続けたらダメだ。

ダメだ。

「や……ごめん、やめて、やめて！」

私がいきなり叫んだせいか、久住くんがぎょっとして身体を起こした。薄暗い部屋の中、ベッドに手をついて私を見下ろす。

「え、なに？　どうした？」

そのときようやく私は、それまで彼がひと言も発していなかったことに気がついた。

自分がストップをかけたという、この事態に動揺して、声が震える。

「も、もういいよ、ごめん、無理に」

「もういいってなんだよ」

「ごめんね、帰る」

「おい、ちょっと待て」

ベッドを下りようとしたものの、上に乗った久住くんにあっさり阻まれた。引き戻されて、またシーツの上で見下ろされる。視線に耐えられず、顔をそむけた。

「無理にってどういうことだよ」

「だって、だって変だもん、久住くん、なにか……他人行儀で」

言っていて、違和感の正体に気がついた。この間もかすかに感じたよそよそしさ。腫れ物みたいに扱われる感覚。

久住くんが困惑を見せる。

「別に、そんなこと……」

「押しかけてごめんね、帰らせて」

「お前、泣いてんの？」

とっさに顔を隠そうとしたけれど、それより早く手首を掴んで封じられた。

「なんなの？　変なのはお前のほうじゃん」

わかってるよ、だからごめんってば。お願いだから帰らせて。

「泣いてもわかんねーよ、なにかあるなら話せ」

ぽろぽろと涙がシーツに落ちる。それをすくい取るように頬をなでて、久住くんは小さな子にするような、優しいキスをくれた。

そういうのやめて、困る。

「話す?」

手首を取られたまま、必死に首を振る。ため息が降ってきた。

「じゃあ、仕方ないよな」

「えっ……」

いきなり胸元に噛みつかれて、思わず悲鳴をあげた。

「そんな痛くしてないだろ」

「だって、なに? 私、帰るって」

「誰が帰すか」

両手で頭を掴み、貪るような一方的なキスをする。

ふりほどこうと無駄な抵抗をして、つま先がシーツを蹴った。

間近で私の目を覗き込んで、久住くんが静かに笑う。

「どうせごちゃごちゃ考えてんだろ、頭働かなくしてやるよ」

「嫌だって……」

「なにが嫌? 俺と寝るのが? だったらはっきりそう言うんだな」

言え、って。久住くんはいつもそう言うね。言えるわけがないじゃない、思ってもいないのに。

唇を噛む私を、勝者の笑みで見下ろして、ゆっくりと指を身体に這わせる。

「他人行儀じゃなきゃいいんだろ」

言い返す言葉が見つからず、目をそらした。

久住くんの前髪が額をくすぐった。噛みつくようなキスが来た。

「脳ミソ溶けるまで鳴かせてやる」

うん、そうして。

私の意地が砕けたことに、彼は気づいただろう。満足そうな微笑みを、目を閉じる直前に見た。

なんだよ、結局、優しいじゃない。

そんな文句を飲み込みながら抱かれた。

ちょっと乱暴で、だいぶ意地悪ではあるけれど、最初の頃みたいな、食い尽くされるんじゃないかと思うような苛烈《かれつ》さはない。それでも最近の、私を不安にさせる柔らかさは鳴りを潜めて、私は安心して、そのせいでずっと泣いていた。

久住くんは時折、呆れたように「どうした」と声をかけては涙を拭いてくれて、けれどそれも彼が余裕を失うまでだった。

最後はお互いをきつく抱きしめて、切羽詰まった吐息を唇の隙間で感じ合った。

一瞬、眠ってしまったらしい。

枕から頭をもたげると、久住くんがデスクでPCを叩いているのが見えた。雰囲気からして、仕事だ。今日は家で残務を片づける予定だったのかもしれない。

手を伸ばして枕元の携帯を見た。まだ余裕で帰れる時刻。邪魔したくない。

「シャワー借りていい?」

振り向きもせず「ん」と返事が来た。

築の浅いマンションなので、水回りも新しい。いいなあと観察しながらシャワーを浴び、浴室を出ようとしたら、目の前に久住くんが立っていてぎょっとした。

洗濯機の上に置いた私の服に目をやって、眉をひそめる。

「帰んの?」

「……うん」

全身から水を垂らしたまま、出るに出られず、小さく頷く。なんの準備もないし、もともと早朝には帰るつもりだった。

久住くんは、私の身体に視線を置きつつも、どこも見ていないような様子で黙り込むと、やがて棚からバスタオルを取って私に手渡した。

「送ってく」

「大丈夫だよ、まだ電車あるし、人歩いてるでしょ」

「言うこと聞けよ」

その声が、苛立っているように聞こえて、びくっとした。それに気がついたんだろう、久住くんが困った顔をして、私の手からバスタオルを取り上げ、身体を包んでくれる。そのまま引き寄せて、ゆるく私を抱きしめた。

びしょ濡れの髪が、久住くんのスウェットの色を変えていく。

「あの、濡れるよ」

「うん」

そう言いつつ、離してくれる気配もない。

あれ、おかしいな。望んで抱いてもらったのに、結局、なにひとつ晴れた気配がない。相も変わらず、不安だらけ。わからないことだらけ。

久住くんがなにを考えているのか。なにを言いたいのか。私はどうしたらいいのか。

そして久住くんは、遠いまま。

パズル

「花香史上、最悪の事態が勃発《ぼっぱつ》しまして……」

運営会議に現れた花香さんが、ひと回りしぼんでいたので、心配になって会議後に声をかけたら、聞き取れないくらいの声でそう言った。

「いったいなにが……」

「指輪なくしました」

「えっ！」

食堂の片隅で、思わず大声をあげてしまい、口を押さえる。

指輪って。

「婚約指輪のことですよね」

「そうじゃなかったらどれだけよかったか……」

もう、この場で命が尽きてしまいそうな感じだ。

この間もらった指輪を、もうなくすって、それは確かに一大事どころじゃない。心中が察せられて余りあるだけに、私も一緒にうろたえた。

「ど、どの辺りでですか」

「わからないんです。心当たりは全部さらったんです、自宅はもちろん、会社だってカーペット引っぺがす勢いで、入れるところ全部探して」

「駅とかは」

「届けは出しましたが、拾われていませんでした」

うわーん、と花香さんがテーブルに伏せて泣き出した。

「やっぱり私には婚約なんて過ぎた幸せだったんです。彼にも本当のところを言えてません。こんなんじゃ結婚だってうまくいくはずない」

「悲観的になりすぎですよ。大丈夫、見つかるって信じて探しましょう」

「もう探すところないくらい探したんですってばあ！」

悲痛な叫び声をあげて泣き崩れる彼女に、私はおろおろしながら、どうすればいいのかと頭を悩ませた。


「クリーニング屋だろ」

うんざりとテーブルに片肘をついて、久住くんが言った。

彼が運営会議に出るのは必要なときだけなので、今日は不参加だった。花香さんの件が、私では収拾がつかず、藁《わら》をも掴む思いで電話したら、すぐに来てくれたのだ。

「クリーニング？」

「シャツ出してるだろ？」

「うん、何枚か……」

「電話してみろ」

ひっくひっくと震えながら、花香さんが携帯を取り出す。

「……あ、いつもお世話になってます、二丁目の花香なんですが」

涙声でのやりとりを終える頃には、目がまん丸になっていた。

「保管されてるって」

「ほんとですか！」

すごい！

興奮する私に対し、久住くんはいたって冷静だ。

「ほら見ろ」

「なんでわかったの？　ポケットに入れた記憶なんてないんだけど」

「入れてんだって、お前。ガムの包みとかペンのキャップとか、とりあえず胸ポケットに入れんの、くせなんだよ」

「私そんなこと、してる？」

「してるよ、おっさんみてえだなといつも思ってたよ。手を洗うときにでも外して、無意識に入れたんだろ」

花香さんはまだ呆然として、残った涙を拭っている。

「あんたって、ここぞというときには魅せるクズだよね……」

「いい加減クズから昇格させろ」

「六条さんも、ありがとうございました」

「いえ、私はなにも。言われて思い出したんですが、花香さんがそこから付箋《ふせん》を出したのでびっくりした記憶、ありますね」

もっと早く気づいてあげられればよかった。久住くんて、なんだかんだ人のことをよく見ているし、覚えている。

「そこに物入れる女って、あんまり見ないもんな」

「うん、実用のポケットって意識もなかった」

「そうですか？　けっこう使いやすくないです？」

意識してみて改めて有用さに気づいたらしく、花香さんがジャケットの胸ポケットに指を入れながら言う。

「そりゃお前の場合、あれだろ」

久住くんが残念そうに息をつき、彼女の胸元に目をやった。

「凹凸がないから入れやすいんだろ」


「指の痕、くっきりついてる……」

「あいつ……別に俺、そこに文句つけたことねえのに、これかよ……」

「文句なんか言ってたら二年ももたなかったと思うよ」

手形のついた無残な左頬を押さえて、久住くんが恨めしげに舌打ちする。

まったく、清々しいほどのデリカシーのなさだった。

食堂の厨房にお願いして、ハンカチを氷水で絞ってもらった。それを渡すと「サンキュ」とふてくされた態度で受け取る。

「どうやって席に戻れっつーの、この顔で」

「少ししたらきっと引くよ。それまで打ち合わせでもしてく?」

会議後だった私は、ちょうどPCを持っている。

「さっきメールくれてたよね」

「あ、そうそう、会議の席次をいじりたくてさ。でも国内とのバランスがあんまり違うと変だろ、先に相談したかったんだ」

対面に座っていた久住くんが、画面を見るために隣に移動してきた。彼からのメールに添付されていた修正入りの席次表を開くと、手が伸びてきて一点を指す。

「当初は市場別に席を並べてただろ。それを国名順に並べ替えたいんだ」

「問題ないと思うよ、どうして？」

「隣り合う国で、シャレにならないレベルで仲が悪いところがあるんだよ。とはいえ完全にアルファベット順てのも不自由だからさ……」

左頬にハンカチを当てて話す横顔を見つめた。確かにこの人は、過去に誰かの相手だったんだ、なんて今さらなことを考えながら。

花香さんとのやりとりから想像される、彼女といた頃の久住くんは、今より少し、人として成熟していなかった気配がある。やんちゃで自信家で、忍耐力もそんなになくて、失敗もわりと多い。

いいな。花香さんが素直に羨ましい。私もそんな久住くんを見たかった。

今の久住くんは、もしかしたら私には、完成度が高すぎるかもしれない。

「おい、聞いてた？」

「あ、ごめん、聞いてた。えーと、今回会場もこれまでと違うから、国内もがらっと変えるのはありかも」

「週末どっか行く？」

「えっ？」

久住くんが横から手を伸ばし、私のＰＣで資料を編集しながら言う。

「俺、今んとこ土日とも空いてるし」

「あ、そうなの、ええと……」

行きたい、どこでもいいから。一日同じことをして過ごして、同じ部屋に帰ってごはんを食べて一緒に寝たい。

だけど。

「……やめとく、仕事詰まってて、持ち帰っちゃいそうなの」

「そうなのか」

彼がこちらを見た。

「あんまり無理するなよ」

同情するような声で言ってくれる。

ごめん、ほとんど嘘。一緒にいたら、自分が素直を飛び越えて、わがままを言い出さない自信がないだけ。きっと呆れさせて、くたびれさせる。

想像するだけで怖い。

「WDMが終わったら、プライベートでも打ち上げしような」

人目のない瞬間を見計らって、頭をぐいとひとなでしてくれた。

どんな顔をすればいいのかわからなかった。

＊　＊　＊

「海外の特約店が、日本のマーケティングに興味を持っていることがわかるデータやコメント、事例を集めてもらったんです」

「なるほど、いいね、気持ちを前向きにしそう」

「せめて日本語でのスピーチだけでも了承していただけたらと」

「まあ、そこが無難なランディングポイントだよね」

時田課長が資料を見ながら頷く。

週明け、ついに本部長説明の日だ。土日の間、悶々とした結果、私はやれるだけやってみよう、という心境に達していた。たとえ怒られようが、今だけの話だ。名前も覚えられていないことだし、立場が悪くなることもない。

多忙なだけに時間に正確な本部長に備え、五分前にもまだゆとりがあるという頃、会議室に向かった。驚いたことにそこにはもう、永坂課長と久住くんが着席していた。

「よろしくお願いします」

にこりと永坂さんが微笑み、時田さんと話し始める。会話から察するに、このふたりもやっぱり年次が近いようだ。

説明しやすいよう、上座付近に座ろうと、ロの字に組まれた机を回り込む。

「ちょっとごめんね」

久住くんの後ろを通ろうとしたとき、彼がひょいと手を出した。椅子の横の低い位置で、私のほうに手のひらを向けて。

目が合って、反射的に私も手を出す。一瞬触れた、温かい手。

席についてからもその感触は消えず、彼の不思議な行動に首を捻った。

なんだろう、励ましが必要そうに見えたんだろうか。

時間ぴったりに本部長が現れ、私の斜め前の、直角に対する場所に座った。置いておいた資料に、手を伸ばしもしない。

時田さんが口火を切った。

「お時間いただき恐縮です、さっそくですが、特約店会議について」

「だいたいの話は耳に入ってるよ。私に外国語を話せと言うんだろ、お断りするよ。海外のお客さんに伝えたいことも特にない」

しん, と室内が静まる。

私は、もう半分終わったのを理解しつつ、せめてこちらの意図だけでも聞いてもらおうと資料を開いた。久住くんに集めてもらったデータたちだ、無駄にしたくない。

さっき触れ合った左手を、ギュッと握りしめる。

「すみません、一度ご説明だけでも……」

言いかけて、ふいになにか引っかかった。

左手の感触。なにか言いたそうだった、久住くんの目。

頭の中のがらんとした空間に、パズルのピースがどこからともなく集まってくる。

——そんな話、俺らに回してくれたら、こっちで受けるのに。

——お前がきっかけになってくれたら、俺もなんかいい気分だよ。

——名前くらい呼んでもらえよ。

触れ合った手。

結局、人のことをすごくよく見ているのは、久住くん。

——俺さあ、ちょっと考えてること、あるんだよな。

視界が開けた気がした。すべてがぴたっと、あるべき場所にはまり、絵が見える。

――提案は、国内さんからしていただけますか。

正直この瞬間まで、損な役回りを引いたという意識を拭えずにいた。

違う。これは久住くんがくれた、チャンスだ。

「……今回、参加者の中で英語圏と呼ばれる地域から来る人は、実は二十パーセントもいません」

準備していたのとまったく違うことを私が話し始めたので、時田さんと幸枝さんが、何事かと目を見交わしたのがわかった。

「残りの八割は第二言語として英語をなんとか使い、ビジネスに参加しています。英語圏の人は、そうした外国人の話す妙な英語を聞き慣れているので、下手な英語を気にしません」

「ほお、そうなんだ」

どこかで使える雑学とでも思ってもらえたらしく、本部長が興味を示してくれた。

「急な成長をした海外市場は、そのため人材が追いついておらず、日本のような一貫したマーケティングを行えていないのが深刻な悩みだそうです」

「だろうね、一朝一夕にできるもんじゃない」

「お手元の資料でご覧に入れている通り、日本から学びたいと考えている国は多いんです。累計でこそ海外販売は国内を越えますが、国単体で見れば日本の売上は依然としてトップです」

本部長が口元に手を当てて頷く。

「いい機会だと思います、メーカーのお膝元である日本のヘッドクオーターから、全世界に向けて直接発信できる場は、ほかにありません」

飽きっぽくて流行りに弱い日本市場でものを売り続けるのは、簡単じゃない。それを実現してきたのは国内営業本部だ。海外には、そのノウハウを喉から手が出るほど欲しがっている人たちがいる。

話しながら、これらは全部、久住くんからもらった知識だと気づいた。初めて一緒に飲んだときから、なにかにつけ彼は、持っている情報を惜しむことなく私に流し込んでくれた。

「シビアな国内市場の最前線で戦っていらした本部長のお声は、海外特約店からしたらこの上なく特別なものです。通訳を使わず、あえてご本人が語る意味がどれほど大きいか」

——本気で思ってみるんだよ。

そうだね、私も本気で思ってみる。このスピーチは、本部長含め、参加したすべての人に、必ずいい影響を与えるって。

本部長が資料をめくりながら、なにか言おうと口を開き、また閉じた。

「……ご検討いただけますか」

「うーん、いや、そうだな、しかしね」

「社長の海外でのスピーチを、我々海外企画がサポートさせていただいているのをご存じですか」

突然別の場所から聞こえた声に、本部長が顔を上げた。

くつろいだ様子の久住くんが、机の上でゆっくりと両手を組み合わせる。

「原稿の作成から、読み上げの練習までお手伝いしています」

「練習って、社長がかね」

「そうです、トップといえど、苦手なものは苦手だとおっしゃって、渡航の前後には我々とスパルタの特訓に励みます」

「そりゃ見てみたい」

「こっそり録画していますので、非公式でご覧に入れますよ」

思わずといった感じに本部長が吹き出したところに、永坂さんが言い添えた。

「今回の原稿は、この久住に訳させます。法的文書などはまだ勉強が必要ですが、人に語りかける言葉を選ぶ能力は、課内でもピカイチです」

「ほお」

「原案レベルでよいので、お話しされたい骨子を、一度我々にご提示ください。そこからお話し合いをしながら英文を作っていくのが私たちのスタイルです」

「いつ頃までに？」

「そうですね、できましたら今週中に」

本部長がじっと考え込み、やおら正面を見つめ話し出した。

「遠いところから来た方もそうでない方も、ものづくりの国、日本へようこそ」

誰もが虚をつかれ、それからハッとした。スピーチの原案だ。

みんなより一瞬早く気づいた久住くんがＰＣを開き、キーを叩き始める。

「我々の商品をまともに売りたいなら、我々の文化を学んでいただく必要がある。その覚悟はおありかね——こんなのでもいいのかね」

「いいですよ、訳すときに僕が適当に丸めますんで」

にやりとしてみせる彼を、本部長がじっくりと眺め、やがて不本意そうに顔をしかめて笑った。

「やられた、おもしろいな」

「当日のスケジュールにも変更が出ますので、追ってご説明いたします」

新しい日程表を渡す私を、思い出したように見る。

「きみの名前を聞いていなかった」

「営業企画部の六条です」

「六条さんか、引き続きよろしく頼むよ、また連絡する」

次の予定があるのか、それだけ言うと本部長は、さっさと出ていってしまった。

静まった部屋に、久住くんの打つキーボードの音が響く。

「意訳のセンスを問われそうですねぇ」

「お前だって口の悪さじゃ人のこと言えないだろ、適任だよ」

永坂さんに言われ、おもしろくなさそうに「そうっすね」と口をとがらせる。

時田さんと幸枝さんが、私のところに飛んできた。

「乃梨子ちゃん！」

「やったね、六条さん、お手柄、ありがとう！」

「すごかったよー、もう尊敬した。いつの間にあんな海外のこと勉強したの」

動物にするみたいに、幸枝さんが私の頭を抱えてぐりぐりしてくれる。

久住くんがこちらを見ていた。笑っている。

悔しい。やられた。


「腑抜けた説得しやがったら、どうしてやろうと思ってたよ」

「しようとしてた……」

「だろ」

久住くんが自動販売機から缶コーヒーを取り、私にくれる。続いて自分も一本買うと、開けてごつんと私の缶にぶつけた。

「お疲れ」

「ありがと、久住くんもお疲れ様」

「国内の本部長、初めてまともに話したよ。食えないおっさんだな」

いや、あなたも相当なものだったよ。

「もし私がやる気のないままだったら、自分で説得する気だった？」

「まさか」

廊下の片隅にある、狭い販売機スペースの壁に寄りかかって、久住くんがポケットに手を入れる。

「担当者が後ろ向きな中でやったって絶対うまくいかねーよ。やらされ感丸出しのスピーチなんか、聞かされる身にもなれ。それならやらないほうがましだ」

ってことは私が失敗したら、スピーチ自体が実現しなかったのだ。さすが、白黒はっきりしていて厳しい。

高揚で火照った頬をコーヒー缶で冷ます。

助けられた。

最後の最後で本部長の背中を押してくれたのは久住くんだ。自分たちは〝英語係〟に徹し、スピーチというアイデアの語り手を、私に預けてくれたのも。

「ありがとう、本当に」

「マッサージ一カ月分くらいか?」

「まあ、いいでしょう」

「やった」

「それにしたって、もう少しわかりやすく手を貸してくれてもよかったと思うのね」

スピーチの提案をもらったときの動揺を、忘れはしない。どうしてあんな、私を試すような……いや、私がネガティブに受け取りすぎていただけなんだけれど。数日の間、胃に穴が開くくらいつらかった。

つい恨みがましくなった口調を平然と受け流し、久住くんは肩をすくめる。

「だって、ライバルにあんまり塩送るのも、おもしろくないもんな」

耳を疑った。私、ライバルなの？

こちらをちらっと見た久住くんが、缶に口をつけたまま二度見した。

「会社で泣いちゃうとか、女子だな」

「泣いてません」

「嘘つけ、目赤いぜ」

「うるさいな」

からかうように私の頬をつまんだ手が、ふいに耳のほうへ移動する。

あ、と思う間もなく、久住くんの頭で電灯の光が遮られ、視界がかげる。音もなく重なる、親愛のキス。一瞬で離れたものの、お互い周囲の空気を探るように、顔を寄せ合ったまましばらく黙った。

「……会社内でとか」

「だよな、悪い、なんかつい……」

「バカ」と小声でたしなめる自分の顔が、赤くなってくるのを感じる。

久住くんも、自分で自分の行動に困惑している様子で目をそらした。

遠くない。久住くんが、ここにいる。私のすぐ隣、手の届くところに。嬉しくなって、袖を引っ張ってもう一度キスをした。彼が「おい」と顔をしかめて逃げようとする。

「そっちが先にしたんでしょ」

「やめろ、もう絶対やばい」

戸惑って嫌がるのがおもしろくて、最後にもう一度しようとしたとき。

「お前らなにやってんの？」

「わー！」

ひょいと顔を覗かせた吾川くんに、ふたりして飛び上がるほど驚いた。

「いきなり入ってくんな！」

「公共の場で、そんなこと言われても。それよりなにやってんのってば」

「なにもしてねーよ」

「いやいや、今さらしらばっくれたって、見ちゃったし」

私も久住くんも言葉を失った。

「っていうのは嘘で、かまかけただけなんだけどね、うわ真っ赤」

「なんかおごってやるから、全部忘れて消えて」

「あ、この栄養ドリンクお願いします」

「高え……」

ドリンクを手に、あからさまな詮索の視線を投げながら吾川くんが去っていく。

本当に行ったのを、廊下に顔を出して確認してから、久住くんがふーっと息をついた。壁にもたれて神妙な声を出す。

「会社はやめよう、もう」

「そうだね、ごめん……」

「いや、俺もだ」

汗かいた。

渇いた喉をコーヒーで潤す私に、物欲しげな視線が刺さる。

もう自分のを飲んでしまったらしい。飲み干す前に譲ってあげると、久住くんは残りを一息であおって缶を捨て、ネクタイを締め直した。

「さ、行こ行こ」

妙に真面目ぶっているのが、笑えて仕方ない。

「私、もう一件打ち合わせだ」

「俺もテレビ会議」

お疲れ、とねぎらい合いながら、フロアに戻った。

わずかに残るドキドキが、胸を弾ませているのを感じながら。


「あっ、決まったんですね、承知です」

「なので修正後のスケジュールで確定で」

須加さんが頷き、手帳になにかを書き込んだ。

連れてきてくれたのは、テレビや雑誌で名前を見る、もつ鍋のお店だ。会社の近くにも支店があったらしい、初めて知った。

賑やかなお座敷が、タペストリーで区切られて、簡易個室になっている。

「須加さん、その格好？」

「実は今日、もともと休暇をいただいてまして」

ジャケットスタイルではあるものの、素材もカジュアルで、下はデニムだ。いつもスーツのイメージが強いので、新鮮だ。

「よく説得されましたね、六条さん」

「半分諦めかけていたんですが、海外企画に援護してもらえて」

「ああ、久住さんですか」

ぐつぐつと煮え始めた中身を、菜箸で均しながら須加さんが微笑む。

「久住さんはいいですよね、話が早い」

「やっぱりそう思います？」

「そもそも頭のいい方なんだと思いますが、やっぱりちょっと違う文化圏に属している雰囲気をお持ちですよね」

わかるわかる。

「私も前にそう言ったら、怒られて」

「なんでも線を引くな、と？」

「まさにです」

憂鬱だった案件が片づいて気持ちが軽くなっていた私は、まだ一杯目のビールだというのに心地よく酔っていた。こういうときのお酒が一番美味しい。

「もう久住とけっこうやりとりされてます？」

「そうですね、打ち合わせなんかもさせていただいてますし」

「すみません、本来なら私たちが間に入るべきなのに」

「いや、これも正しい形だと思いますよ。六条さんがしっかりと枠を作ってくださっているので、久住さんも動きやすいそうです」

「そんなこと言ってました？」

「ええ」

頷きながら、ドリンクメニューをこちらに渡してくれる。

「すごく褒めてましたね、バカ丁寧で、どこを掘っても穴がない、と」

バカはいらないいんじゃないかな久住くん……。複雑な気分でメニューに目を落としたところに、須加さんが「お椀いいですか」と手を出した。

「あ、ありがとうございます」

「微妙な相手って、久住さんですか」

探るようにこちらを見つめ、動かない私の手からお椀を取る。

「言えないから〝微妙〟なんですかね」

「……あの」

「いいですよ、せっかくなので仕事場ではできないお話しましょ、うちの頭の固い部長の悪口とか」

おどけた調子に戻ってくれたので、私も笑うことができた。

いい人だ。

「あ、そうだ、ちょっと別件の予約してきちゃおうかな」

「いいですよ、どうぞ」

「すみません」

一度お店を出たところで、須加さんが再び店内に戻っていった。

そろそろ薄手のコートを出そうかと思わせる夜の空気。繁華街のネオンサインを見上げていたら、バッグの中で携帯が震えた。久住くんだ。

「はい」

《よお、今なにしてる》

「ちょうどね、飲んでたとこ」

《誰と？》

一瞬答えに詰まったものの、嘘をつく気にはなれず、正直に言うことにした。久住くんも営業の人間なら、変に勘繰ったりしないだろう。

「須加さん」

《ああ、あれ須加さんか》

……え？

そのとき、視線を落としていた道路の上を、人影が近づいてくるのが見えた。影は少し離れたところで止まり、さっきまで携帯越しに聞いていた声が、そこから届く。

「私服だったから、わからなかったぜ」

久住くんが立っていた。

私は携帯を耳にあてたまま、言葉も出ずに立ち尽くす。その態度は、やましいです、と叫んでいるようなものだっただろう。

冷ややかな目が、そんな私を見つめた。

「俺、怒る権利あるよな?」

……なにも言えなかった。

ねえ、教えてよ

携帯を胸ポケットにしまうと、久住くんは正面から私を見据えた。

「お前がやってるのは、契約違反だ」

「え……」

……契約？

「特定の相手作るのは、なしだって、最初に言ったよな？」

「そう、だけど」

「わかっててやったってことか、たち悪いな」

嘲《あざけ》るように吐き捨てられる。

――契約違反。

腹を立てているのは、そこなの。

「別に須加さんだって、そんな深い意味で誘ってくれたわけじゃ」

「じゃあ俺から聞いてきていい？　どういうつもりですかって」

「やめてよ」

親指でお店を指す彼に、思わず声をあげた。

久住くんがおもしろがるように眉を上げる。

「語るに落ちたってやつだな」

「そんなんじゃないって……」

「俺とのこと、まさか話してないってことはないよな？」

つい正直に、目が泳いだ。

だってこんな中途半端な関係で、話せるわけないじゃないか……。

「自覚ないなら、教えといてやるけどさ」

片手をポケットに入れて、久住くんが笑みを消した。

「それ、もう一回誘ってほしいって意思表示にしか受け取れないぜ。俺から見ても、須加さんから見ても」

「そんなつもりじゃないよ」

「じゃあ伝えてこい、自分には相手がいますって」

「言えないよ、そんなこと！」

いきなり大きな声を出した私に、彼は驚いたようだった。口をつぐんで、探るような目つきをする。

「なんで」

「なんでって」

なんでなんて、こっちが聞きたいよ。私たち、なんでこんな関係、始めたんだっけ。なんで私、こんな不安になりながら、続けているの。

なんで久住くんは、こんなことが平気なの。私のこと、なんだと思っているの。

もう無理だ。なにもかも無理、限界だ。

「やめる、もう」

毅然と言ってやりたかったはずの言葉は、震えた。

久住くんが、訝しげに眉をひそめる。

「終わらせる、こんなのおかしい」

久住くんこそ最初に言ったよね。私がバカでもめんどくさそうでもないから、こんなこと始めたんでしょ。要するに、手頃だったからでしょ、いろいろと。

「私、バカだしめんどくさいよ、そういう相手はいらないんでしょ。大前提が崩れたんだから、もうこんなのおしまい。そうだよね」

嫌いじゃない、は、好きでもない。好きでもないのに一緒にいるには、お互いの熱量のバランスが大事で、一方が好きになったら、そこで終わり。

どんなにごまかしたところで、もう無理だってことだ。

「自分の口で言えって、言ったよね」

言ったよ。

涙をこらえているような声になってしまうのが、悔しくてならない。

黙って聞いていた久住くんは、表情も変えずに尋ね返してきた。

「で、終わり？」

「そう、もう終わり」

「違う。言いたいことはそれで全部かって聞いてんの」

えっ……。

「とりあえずわかったよ、お前はそもそも俺の思ってたようなのとは違うわけだから、リセットだって言うんだろ」

「そう、だけど」

「で、お前の話は？」

「えっ」と間抜けにもぽかんと聞き返してしまった。

久住くんが、まっすぐに私を見て再度聞く。

「ないわけ？」

私の話って。

戸惑う私に、呆れたように笑った。

「そんなんじゃ、却下だな」

「却下って」

「前提なんて、どこも崩れてねーよ。俺は別に、今でもお前をバカとももめんどくさいとも思ってない。リセットには応じない。残念だったな」

「そんな」

「俺を納得させたいなら、俺の話じゃなくて、お前のこと聞かせろ」

一歩、彼が動いた。そのまま、ふたりの間の距離を、ゆっくりと詰めてくる。

私は無意識のうちに後ずさり、でも彼のほうが速かった。気づいたときには目の前にいた。

「お前がどうしたいのかだよ。妙な理屈並べてないで、それだけ言えよ」

身長の差の分、見下ろされる。試すような瞳が冷たく光る。

「たとえば、二度と俺には抱かれたくない、とかな」

思わず目を見開いて、眼前の男を凝視した。

それ、どんなつもりで言っているの。私に言えるものかって、足元見てるの？

言ってやろうと思った。けれど、やっとわずかに開いた口からは言葉なんてひとつも出てこない。

久住くんは薄く笑った余裕の表情で、私がなにか言い出すのを、楽しみに待ち受けているような様子さえ見せた。

悔しい。なんで言えないの。心と真逆だから？

「時間切れだな」

「待っ……」

にやりと笑ったのを、はっきり見る間もないうちに、口は塞がれた。片手はポケット、もう片方の手には鞄。首だけを傾けて、上から押さえ込むようなキス。

「久住ー」と遠くで彼を呼ぶ声がした。それに応えるようについと顔を離し、至近距離で私の目を覗く。

「じゃあな」

バカにするような一瞥を投げて、久住くんは来たほうへと戻っていった。

悔しくて、情けなくて、涙がにじんだ。

散々、言えって脅しておいて。言ったところで結局、聞いてくれないんじゃないか。

横暴、勝手、やりたい放題。なにを考えているのかさっぱりわからない。

でも、きっと私の気持ちは筒抜けだった。身体のどこも拘束されていないのに、ふりほどくこともできなくて。唇の隙間から、からかうように入ってきた舌を、押し戻すこともできなくて。

あんなの、抱いてって言ったのと同じ。

私ばかりさらけ出させられて、久住くんはなにひとつ語ってくれない。

偉そうに、なによ。そっちこそ教えてよ。なにを考えているのか教えてよ。

私のこと、どう思っているのか、教えてよ……。

【ちょっと様子がおかしかったので、気になりました】

家に帰った後、そんなメッセージが届いた。

普段通りを装ったつもりだったけれど、やっぱり出ていたらしい。

【大丈夫です、すみません】

【そうですか、よかった。またお誘いしますね】

……ほら。こういう流れで、どうやったら『実は私、相手が』なんて言えるの。自意識過剰と思われるか、向こうに気まずい思いをさせるかのどちらかだ。やれるものなら、お手本見せてよ。

それでもこれは、言わせた私が悪いの？　私がこれを期待していたってことになるの？　久住くんはそう受け取るの？

【WDMももう少しですね、弊社スタッフも全力で行きます】

間髪入れず、須加さんがそう送ってきてくれた。

見てよ、優しい。久住くんよりずっと優しい。言葉にしてくれるし、追いつめずにいてくれるし、私が悪いなんて、たとえ思ったとしても出さずにいてくれる。

抱えた膝に、涙が落ちた。

なのにどうして私は、久住くんしか好きじゃないんだろう。

＊　＊　＊

「各部門のプレゼンも、英語で挑戦したいって連絡が続々だよ」

「本当ですか」

「まあ、本部長がやるとなったら、自分だけ楽をして日本語しゃべってるわけにいかないもんね、これもさ、実は海外企画の狙いだったんじゃないかな」

なるほど、そこまでは考えなかった。

本部長によるスピーチの話は、思わぬところにまで余波を広げている。

幸枝さんとそんな話をデスクでしていると、少し離れた席から時田さんも参加した。

「あの久住くんて子は、いいね」

「出たー、時田さん、好きそう」

「大好きだね。正論であることを盾に取って、無礼ぎりぎりのところで主張をぶつけてくる、あの不敵さ！　思い出すだけでぞくぞく来ちゃう」

「変態」と幸枝さんが小声で呟いた。

「六条さんの同期なんだって？」

「そうです」

「宣伝の吾川くんもですよ」

幸枝さんの補足に、時田さんは「なるほどなー」と目を丸くした。

「豊作な代だね。なんでか同じ年次に集まるんだよね、そういう人たちって」

「私も頑張ります」

「いやいや、乃梨子ちゃんも入ってるんだって、最初から」

「え？」

「ですよね課長」

「ですよ、ちょっとおとなしすぎるところはあるけど、優秀さは負けてないよ」

なんと言えばいいのかわからなくなり、PCのキーを叩きながら「そうでしょうか」と気弱に答える。

「そろそろ花開くと思うんだ、この間も見事だったし」

「代理店さんの間では、乃梨子ちゃんの仕事ぶりは大人気なんですからね。社内が遅れてるんです」

「どんどん活躍の場を作ろう」

「社内ゴルフコンペに出てもらおう」

「微妙に関係なくないですか、それ」

ひとしきり笑ってから、お礼を言いそびれてしまったと気がついた。

もっと素直に『ありがとうございます』と、ただそれだけでよかったのに。

——素直。

どうしてこんなに難しいんだろう。

＊　＊　＊

「もし早めにお客様がいらしたら、どうすれば？」

海外営業の、各課の代表数名ずつを集めた場で、次々に質問の声があがった。

ＷＤＭもいよいよ目前に迫っている。当日お客様のアテンドを務めてくれる営業部に向けて、スケジュールや段取りの説明会を行ったところだった。

二十名ほどの若手が、四角く並べられた机を囲んでいる。久住くんは運営を把握している立場として、説明者側に座っていて、すなわち私の隣にいる。

「ホワイエでお待ちいただくようご案内ください。ディナーパーティの前にはウェイティングカクテルをご用意しています」

「パーティは立食ですか？」

「そうです」

「ベジタリアン向けのメニューは用意されていますか？」

これの答えは久住くんが引き取った。

「問題ありません。豚、牛などの宗教的なタブーにも配慮してメニューを決めています。当日、すべての食材を記載した品書きをお渡しします」

明快な回答に、質問した人が満足そうに頷いた。

胸をなで下ろした。これは久住くんが早くからアドバイスをくれていた部分で、言われるまで私たち国内部門は、まったく意識をしていなかった。

「それから注意点として」

久住くんが続けた。

「初めて来日する方も多いので、役員への挨拶が殺到する可能性があります。長く拘束しないよう、適切な通訳とアテンドを心がけてください。それとディナーで飲みすぎないこと、特にロシア担当！」

どっと笑いが起こる。

久住くんは一度も、私のほうを見なかった。

＊＊＊

「六条さんっ、お疲れ様でございます」

プレゼンのリハーサル会場に、花香さんが顔を出してくれた。明日のバスツアーの準備で忙しいだろうに、山ほどの差し入れを抱えている。

「すごい、ありがとうございます、こっちまで気遣っていただいて」

「いえいえ、弊社の担当はツアーのみですが、大きなイベントの一部なわけですから、関係するところも覗かせていただきたいんですよ」

　この姿勢が、彼女をチームのトップにのし上げたんだろう。

　カスタマー部門の部長がたどたどしい英語をしゃべっている傍ら、隅のほうのテーブルで差し入れを開けた。

「このプリンは個数がないので、女の子用で。隠しときましょう、エヘ」

　いかにも限定品らしいガラス瓶に入ったプリンを、花香さんがいそいそと足元に置く。焼き菓子やシュークリームなどを、取りやすいよう並べているうちにスピーチが終わった。

　見守っていた関係者からねぎらいの拍手が起こる中、原稿を持った久住くんがステージに近づくのが見える。床高九十センチの壇上にひょいと飛び乗ると、しきりに汗を拭いているプレゼンターと話し始めた。

「いや、いいですよ、そこはお気になさらず、非常に聞き取りやすかったです」

「そりゃよかった、にしても、どこを読んでるのか、わからなくなるね……」

「そうじゃないかなと拝見していて思いました。原稿を調整しましょう。六条！」

「はい！」

「二台のプロンプタの距離を離してほしい。今の状態だと目線が固定されすぎて、〝読んでる〟のが丸わかりなんだ」

駆け寄った私に、ホールの後ろの壁に設置してあるプロンプタを指して言う。設営の話とわかるや、須加さんも図面を持って駆けつけてくれた。

「須加さん、今から調整できます？」

「なんでもやりますよ、どのくらいでしょう、久住さん？」

「そうだな、あのカーテンフックの……二から三個分くらい」

「少しだけお時間ください」

須加さんはシーバーで指示を飛ばしながら、プロンプタのほうへ走っていく。

久住くんがしゃがみ込んで、私に原稿を見せた。

「これ、空行が多くて逆に読みにくい。パラグラフごとに整えてあげてくれ」

「了解」

「書体も整理したほうがいいな。慣れてりゃ気にならないんだけど、ここまで不慣れとなると、一カ所でもつまずいたらパニックだ」

私は頷いて、運営マニュアルの端にメモをとった。

部長級でも、ここまで大きな会場で、プロンプタを使ってプレゼンをする機会はなかなかない。ほとんどの人が初めてだ。さらに英語ということで、どの人も完全にテンパってしまっている。

今日は本来、続々到着する海外のお客様の受け入れをする予定だった久住くんは、その状況を知って、急きょこちらに合流してくれたのだった。

「久住くんて、こういうのも仕事でやるの？」

「ん？」

聞き逃したらしく、腰を上げかけていた彼が、シーバーのイヤホンを直しながらこちらに身を屈めた。

「悪い、なに」

「慣れてるねって」

「ああ。海外での発表会なんかを運営するのも、俺らだから」

仕事が広いなあと尊敬した。そうか、国内営業と同等の人数で、遥かに広い市場を見ているわけだから、ひとつの部署にいろんな業務が集まるのだ。

「じゃ、頼んだぜ」

「うん」

久住くんは再び、ポディウムのそばでプレゼンターの相談相手になる。

照明のテストも同時に行っているため、壇上には強い光が当たっている。久住くんの着ている紺色のスーツの、細いストライプまでくっきり見える。

暗い床の上から、そんな彼を見上げた。

嫌だな。またあの、遠い感覚。


「あのう、なにかありました?」

原稿係のスタッフさんに修正のお願いをして、隅に戻ったとき、花香さんがそっと声をかけてきた。

「え?」

「なんか、変じゃないですか、今日の六条さんと……」

久住くんをちらっと指さし、案じるように顔を曇らせる。さすが、鋭い。

須加さんと飲んだあの日から、もう二週間以上、久住くんとはおかしなまま。仕事以外での会話は、まったくない。

これまでだって、関係がこじれそうになったことはあった。でもなんだかんだ、久住くんの強引さに巻き取られるような形で、うやむやになっていた。

ついに彼も、業を煮やしたのかもしれない。なにも言ってこないし、私にも言わせようとしない。

けれど仕事で関わるときは、さっきみたいに、これまでとなんら変わりない態度で接してくる。そうじゃなきゃ困るのだけれど、そうであっても困る。

これじゃ、なにをどう切り出せばいいのかわからない。『前みたいにしたい』と言ったところで、『してるだろ』と言われて終わるだけ。

曖昧で、どこにも行けない。霧の中に立っているみたい。一歩先は崖かもしれない。

「六条さあん……」

黙り込んでしまった私を、花香さんは心配そうに見ていた。

＊　＊　＊

「須加さーん、ホール内にある誘導板、だっせえスペルミスあるよ」

「えっ、失礼しました」

一緒に受付を整えていた須加さんが、慌てて振り返った。通りすがりに声をかけた久住くんは、私が見えていなかったらしく、気づくとハッとした表情を見せた。三人の間に一瞬、複雑な沈黙が下りる。

「ちょっと僕、確認してきます」

「お願いします」

連れ立ってホールのほうへ行くふたりの背中を見守った。

ＷＤＭはプレ初日とでも言うべきバスツアーを昨日終え、これから第一日目を迎えようとしている。今日は丸一日会議を行い、明日は午後早めに終了し、夕方からディナーパーティだ。すべてはこの都内のホテルで行われる。

ツアーの実施報告は、夕べのうちに花香さんから関係者に展開された。集合場所に来ない、連絡がつかない、パスをホテルに忘れてくる、などの参加者自身が起こしたトラブル以外、アクシデントらしいアクシデントはなかった。花香さんが練りに練ってくれたプランのおかげで、過密でないゆったりした東京見学を楽しんだお客様一行は、全員が無事にホテルに送り届けられた。

「久住さん、シーバーは？」

「俺、今日はアテンドに集中したいから、つけたくないんだ、いいかな」

ふたりが話しながら戻ってきた。久住くんが腕時計を確認してから、私に聞く。

「黒沢さんたち、まだ遅れてるのか」

「幸枝さんはタクシーに切り替えたって」

運の悪いことに今朝、火災で都内の電車の運行がめちゃくちゃになり、八時になろうとしている今も復旧していない。近くに泊まり込んでいた私や代理店さん、アテンドのためにお客様と同じホテルに泊まっていた久住くんは難を逃れたものの、関係者の多くが足止めをくらっている。

久住くんが、マニュアルで須加さんの背中を叩いた。

「六条といてやって。ひとりでさばける量じゃなさそうだ」

現場慣れしている久住くんは、電車の影響で手薄になった私たち国内営業に加わって、一時的に運営スタッフとして全体を見てくれている。次になにをすべきか把握している迷いのない動きで、またどこかへ去っていく姿を見ながら、自分がこの日を、すごく楽しみにしていたことに気がついた。

一緒に仕事をするようになって、その働きぶりに憧れて。当日が来れば、本番の緊張感と興奮を共有できるのだと思っていた。お互いの業務をこなしながら、行き合ったときには声をかけ合ったり、控え室で束の間の息抜きをしたり。

今はもう、そんなささやかな瞬間を楽しめる関係じゃない。それだけのことが、驚くほどつらい。

これが素直になれなかった報い。

できるものなら

「どなたか控え室の救急箱、ご存じないですか？」

シーバーで問いかけつつ、念のためもう一度控え室中を探す。とはいえ収納もない、こぢんまりした部屋なので、やっぱりない。

《黒沢です、ごめん、ホールのほうで使ってたの、今届けるね》

「ありがとうございます」

負傷した指をかばいながら、ペットボトルのお茶をコップに注いだ。腰を下ろす間もなくノックされ、ドアが開く。

「あっ、すみ、ませ……」

全部言えなかった。久住くんだったからだ。

向こうも私だとは知らずに来たらしく、一瞬ためらいを見せた。

会議も二日目の今日、スタッフは全員揃い、久住くんはようやく本来の仕事である、お客様のアテンドに時間を使えていた。私は運営スタッフなので、バックヤードと会議会場の往復だ。

たまに見かける久住くんは、外国の人と握手をしたり談笑をしたり、そこにまた『久住サーン』と声をかけられたり、とにかく忙しそうだった。

担当市場のみを相手にする営業課の営業員と違い、久住くんは全市場に、関わった相手がいる。まさに〝引っ張りだこ〟を絵に描いたような状態で、ちょっと別世界の人だった。

「……黒沢さんが手一杯みたいだったから、引き取ったんだけど」

「ごめんね、久住くんも忙しいのに」

机に救急箱を置いた久住くんが、ふと私を見てぎょっとした顔をした。

「どうした、それ」

「え？　え、きゃあ！」

急に近寄ってきたかと思うと、いきなり私の着ていたジャケットに手をかけて剥ぐ。インナーが半袖のカットソーだったため、二の腕までむき出しになった。

「ちょっと、なに⁉」

「あ、これ、外側か？」

私の脇腹のあたりを覗き込んで、ジャケットの中と外を見比べている。

「なにかある？」

「なにって、これ」

私の左腕をぐいと上げさせて、見せてくれたジャケットの脇のあたりに、ゴルフボール大に広がった血の染みがあった。

うわ！

「救急箱って、このためか？」

「うん、でもそこじゃなくて、これ」

右手の指を見せる。薬指の爪の際が切れて、いまだに血がじわじわ出ていた。

傷を見た久住くんの眉根が寄った。

「いつ切ったのかわからなくて。そういえば気がつくまでずっと腕組んでた」

「それでか」

「中まで染みてる？」

ちょうど脇腹の、背中側のあたりなので自分だと見えない。

久住くんがジャケットをめくり、カットソーを引っ張った。一瞬、手が身体に触れて、ぎくっとした。

「ぎりぎり大丈夫だな」

「困ったな、替えのジャケット、ないや」

「とりあえずこれは脱いだほうがいいぜ」

「お疲れ様ー、今何分押しかな、次の……」

突然ドアが開いて、永坂課長が入ってきた。戸口のところで足を止め、硬直する私たちを見て、なぜかドアの外を確かめる。

「警備員さーん」

「ちょっ……ち、違」

「久住、お前、気持ちはわかるがそれはダメだ」

「俺が脱がせたわけじゃ、いや、俺が脱がせたんですけど」

「うん、話は六条さんから聞くから。それよりカナダのダイレクターが探してたぞ、すぐ行ってこい」

「違いますからね！」

「みんなそう言うらしいよ」

久住くんは言い返そうとしたものの、急がざるを得ず、悔しそうに顔を赤らめて出ていった。

「久住があんなうろたえるなんてなあ」

永坂さんが愉快そうにくつくつと喉を鳴らす。

私ははだけたジャケットを脱ごうか着ようか迷い、染みを気にして脱いだ。

「よほど後ろめたかったんだね」

「後ろめたいって」

「いつもならあんなの、クールに流すじゃない？」

そういえば以前は、久住くんといえば冷静で物静かなイメージだった。今じゃ、だいぶ違う。

「会議、成功しそうだね、お疲れ様」

「ありがとうございます、海外営業さんには本当にお世話になって」

「営業部内でも当初、反対意見があったんだよ、やっぱり自分たちにも特約店にも、それなりに負荷がかかるし」

指を消毒する私を、ドアに寄りかかったまま永坂さんが眺める。

「久住が説得して回ったんだよ、やるべきだってね」

「えっ……」

「むしろ、こうした合同会議を自分たちも積極的に開くべきだって。国内営業からやり方を学びましょう、って」

久住くんが。

「まあうちの部って基本軽いから、すぐにみんな乗り気になって」

「それなのに国内からの風当たり、ずっと強くて——申し訳ありません」

「六条さんが謝ることじゃないよ」

にこっと笑う。

「これを機に、いい交流ができるのを、僕も期待してるんだよ」

ホワイトボード上で随時更新される、会議の進行状況を確認してから、永坂さんは出ていった。

絆創膏を巻きながら、それでもやっぱり謝ることだと思った。

私はなにもしなかった。彼らがやっかみの捌け口になっているのを知りながら、それも仕方ないと他人の顔をしていた。自分はそんなことしないし、なんてひとりで高潔ぶって、そのくせ誰かの誤解を解こうとするわけでもなく。

私はいつも人任せ。飲み込んだ言葉を、誰かが言わせてくれるのを待っている。

いい加減、このままじゃダメなんじゃないの。

「お疲れ様でした！」

須加さんの声に、スタッフ全員が唱和した。

終わった！

会議もディナーパーティも、大きなトラブルもクレームもなく済んだ。改善したい部分は多々あったものの、及第点だろう。ラップアップミーティングでそのあたりは共有して、次回に生かせばいい。

最後のお客様が退場したのを見計らい、すぐに片づけの始まったパーティ会場で、あれっと顔ぶれを見回した。

「久住さんなら、お客様と一緒に出ていかれましたよ」

須加さんが撤収を監督しながら教えてくれる。

「そ、そうですか」

「あれ、しらばっくれないんですね」

「え？」

「『久住を探してたわけじゃないです』とか」

おもしろがるような微笑み。顔が赤いのを自覚しながら答えた。

「……探してたので、実際」

「正直だなあ」

まあ、こんなこともあります。本人もいないし、へとへとだし、須加さんだし。

落とし物のクリップを拾い上げて、彼がこちらに笑いかける。

「後で一杯どうですか、僕は夜通し撤収作業なんで、息抜きに」

「えっ」

丸テーブルのクロスが次々剥がされていくのを見ながら、困った。

「あ、久住さんの許可はいただいてるんで、大丈夫ですよ」

「きょ、許可？」

「今日、煙草休憩のときに、お話しする機会があったんで」

「……なんて話したんですか」

「そのまんまです。僕が六条さんを誘ってもいいですかって」

なんだか、須加さんもけっこう思いきりがいいというか、変わった人だな。見た目はどちらかといえば柔らかいのに、人って見かけによらない。

「久住は、なんて……」

「『手を出さないと約束するなら』って」

ねえ久住くん、なにそれ。

「なので、約束するから誘わせてもらいます、って言ってきました」

「あの……」

「睨まれましたけどね。そんなに嫌ならダメだって言えばいいのにね」

なにそれ……。

須加さんがくすくす笑いながら、私の顔を覗き込んだ。

「どうですか、一杯付き合ってもらえます？」

ねえ久住くんこそ、言えって言うばかりで自分はなにも言ってくれないよね。

須加さんにそんな約束をさせたのは、どうしてなの。契約が守られないのが嫌なの、それとも別の理由なの。ダメだって言わなかったのは、どうして。

握りしめた運営マニュアルが、手の中で折れ曲がる音がした。

「すみません、行けません……」

須加さんは愉快そうな目で、どんどん片づいていくホールを見守り。

「まあ、あと一回くらいは誘いますよ」

半分独り言みたいに、そう言った。


終わっちゃった。

家までの道を、キャリーバッグを引いて歩きながら、今頃実感していた。

久住くんとの仕事が、ついに終わってしまった。今後、連絡を取る理由すら見つからない。

部屋の前で鍵を取り出すと、小さな鈴がチリチリと鳴る。花のキーホルダーを見つめた。

久住くん、私、そろそろちょっと、変わりたい。引っ張ってもらうばかりじゃなくて、自分でも歩きたい。

壊れたら嫌だと思っていた、久住くんと過ごす時間も、もうなくなったし。だったらこのへんで、思いきってみてもいいかなって。

これも自虐の一種かもしれないけれど、まあ、いいよね。

もしかしたらと期待する自分もいる。けれど、受け止めてもらえない気も、かなりしている。

気持ちを全部伝えたら、こんなはずじゃなかったと思われて、すべてが終わってしまうんじゃないかって。

震えるくらい、自信がない。

＊　＊　＊

「え……海外？」

「そうだよ、聞いてないの？」

吾川くんが目を丸くした。

WDMが終わって一週間、社内でまったく久住くんを見かけないと思ったら、また出張に出ているらしい。

「どこに？」

「えーと、確か今度もアジアのどこかだったと」

宣伝課は、みんな忙しいのでいつ来ても人がまばらだ。幸いにも会えた吾川くんに、WDMの報告書を渡した。

「はい、参考までに」

「おー、ありがとう、課内で展開するよ。どうだった、海外との合同開催？」

「海外企画に助けられっぱなしで、成功」

「最近、うちのCM、海外の特約店が作ってるやつのほうがいいってあちこちで書かれちゃっててさあ、参ってるんだよね」

「私も聞いた。宣伝課長が怒り心頭って」

「あれも久住たちのとこで制作ガイドライン作ってるんだよ」

それでブランディングの勉強なんかもしていたのか。もう本当に、必要なことはなんでもやるって感じなんだな。

「あいつに消えてもらえば、海外のレベル下がったりしないかな」

「やめてあげて」

「だって最近、本部長がいきなり、海外営業から学べとか言い出してさ」

吾川くんが頬を膨らませる。

「これまでの〝打倒海外〟もどうなのよって思ってたけど、いざ学べと言われると、久住の顔が浮かんでおもしろくないわけ」

あんまり正直に言うので笑ってしまった。わからないでもない。

「俺、あいつのフライトプランもらってるから、後で送るよ」

「ありがとう」

「いちゃいちゃしてたくせに、なんでそんなのも知らないの？」

聞こえなかったふりをして逃げた。

本当に、なんでそんなのも知らないんだろう。国内ならまだしも、海外出張なら、ひと声くらいかけてくれたっていいじゃないか。

確かにもう、久住くんがどこへ行こうが、私の仕事には関係ないけれど。

彼にとって私は、もう、その程度になってしまったんだろうか。

席に戻ったら、さっそく吾川くんからメールが来ていた。久住くんのフライトプランと出張先でのスケジュール。これを見る限り、WDMの終わった翌日の夜には、もう旅立っていたことになる。

ねえ、久住くんこそ契約違反なんじゃないの。彼氏として振る舞うっていうあれは、どこへ行ったの。私たちが今やっているのって、なんなの。

もとからいびつな関係だった私たちは、ケンカすらまともにできない。

せっかく出せそうだった勇気が、また散ってしまいそうだよ。

＊　＊　＊

「うわー、ついてない」

翌朝、携帯を見ながら幸枝さんが呟いた。

「どうしました?」

「冬休み、旅行に行こうと思ってた国がさ、情勢不安てやつ」

そうか、もう今月末が冬休みか。まったく考えていなかった。なにしよう。

「クーデターだってさ。行く頃には収まってるかなあ、行き先変えようかなー」

「幸枝さんてアクティブですよね」

「なにするか考えるのが面倒なときは、旅行が一番簡単なんだよ」

そういうものなのかと納得しながら、見せてくれた携帯を覗いた。〝独裁政権〟とか〝軍部指導者〟とかいう言葉が躍る、見るからに不穏な記事だ。

あれっ、ちょっと待って、これって。

「あの、これ、今現在の話ですよね」

「夕べだね、どうしたの」

「ここ、久住くんの出張先で……」

少し間を置いて、幸枝さんが「えっ」と緊張した声を出した。

「今行ってるの？」

「昨日の夜のフライトで、帰ってきているはずなんですが……」

順調に飛んでいれば、もう空港に着いているはずだ。

「便名わかる？」

「あっ、はい」

伝えると、幸枝さんが検索し始めた。航空会社のサイトを開いて、眉根を寄せる。

「欠航になってるね、空港にも影響出てるみたい」

うわ、それはついていない。

大変だろうな、くらいに受け取った私と違い、幸枝さんは難しい顔をしていた。

「……あの、これってどのくらい深刻なんですか」

「いや、この国、前にも同じようなことがあったんだけどさ、そのときは邦人の渡航者がひとり、巻き込まれてるんだよね」

意味を理解するまでに、けっこうかかった。言葉も出ない私に、幸枝さんが慌てて言い添える。

「いや、久住くんならちゃんと立ち回るだろうし、大丈夫だと思うけど。でもまあ、不安な思いはしてるんじゃないかな」

急に、辺りがぐらりと揺れた気がした。


時間を追うごとに、そのニュースの取り上げられ方が大きくなっていくのが、私の緊張を増大させた。現地の空港は完全に封鎖されてしまったらしい。

「乃梨子ちゃん……」

夕方近くなって、幸枝さんが新しい記事を見つけた。邦人複数名が怪我、という漠然とした情報を目にしたとき、いてもたってもいられなくなり、フロアを飛び出した。

「駐在に連絡入れろ、久住を拾ってやれないか」

「それが、連絡取れないらしいんですよ」

海外営業のフロアに入った途端、そんな声が聞こえて息を飲んだ。企画課に駆け寄ると、大勢が集まって騒然としている。

「空港には行ってたのか？」

「そうらしいです、特約店の人間が送っていったと」

WDMでお世話になった、アジア営業の人の顔もあった。本職の人たちがここまで張り詰めているって、相当の事態なんじゃないだろうか。

「あっ、六条さん、久住から連絡あったりした？」

慌ただしい動きの中で、永坂さんが私を見つけた。

「いえ、あの、状況って……」

「今ね、付近の国から情報もらってるんだけど、まあ、よくないみたいだね」

席に近づくと、メールやWEBの記事の出力が山ほど乗っていた。

「もとから危ないっていう話はあったんだ、でも渡航禁止令が出なくて」

「渡航禁止令？」

「人事部が発令するんだよ。感染症が発生した地域なんかに行かせないために」

「今回は、そこまでではないと判断したんでしょうか」

「決めかねたんだと思う。けど現場としては、それがないのに、危なそうなんで行くのやめます、とは言いづらい。相手のいる仕事だからね。でも……」

自分の権限で渡航をやめさせなかった責任を感じているのかもしれない、永坂さんの声は硬い。

情報が飛び交う様子に気圧されながら、邪魔をしないようその場を去った。

足が震えた。

別に、二度と会えないかも、なんて悲劇的なことを思ったわけじゃない。

どうか無事で、と祈る気持ちはある。それこそ胸が潰れるくらい心配でもある。でも私にできることはないってこともわかっている。

私を戦慄させたのは、もしかしたら私は、このことをまったく知らずに過ごしていたかもしれないという可能性だった。

久住くんが、遠いどこかで、不安や不便を感じながら今、この瞬間を過ごしている。いくつかの偶然が重ならなければ、そんなことなど想像すらせず、普段と同じに出社して仕事して帰って、寝ていたはずだった。

ぞっとする。

やっぱり離れちゃダメだ。

実りがなさそうでも、拒絶されそうでも、話さないとダメなんだ。

今こうして私が心配していることすら、久住くんは知らないだろう。

私たちを繋ぐものは、なにもない。本当の遠さって、そういうことだ。

私、言わなきゃ。

どうせ、って卑屈に閉じこもって、引きずり出してくれる手を待っている。そんなの、もうやめだ。

会いたいよ、久住くん。会いたい。

会ったら言うの。全力で言うの。

今度こそ、初めて、素直に——。

つまりは最初から

嫌な夢を見た気がして目が覚めた。

全身がひんやりと汗で湿っている。

夢の内容は覚えていない。

久住くんと連絡が取れなくなって、丸一日が過ぎていた。不運にも土曜日。永坂さんたちから情報をもらうこともできない。

現地からの報道は、日本の政治家の汚職疑惑のネタに取って代わられて、徐々に扱いが少なくなっていた。その中から読み取れる限りでは、事態に収束の気配はない。なにをする気も起こらず、ネットの情報を追いかけながら時間を持て余していたら、インターホンが鳴った。


「あらあ、それは心配だ……」

「私が心配したってしょうがないって、わかってるんだけど」

またしても突然やってきた姉は、私を見るなり『どうしたの』と驚いた。どうやらそれなりに、憔悴《しょうすい》した姿をしていたらしい。

「そんなことないよ、リコちゃんの心配、賢児くんに届いてるよ」

「どうかなあ」

持ってきてくれたお昼を食べながら、自嘲《じちょう》する。

姉は持ち前の勘のよさで、「ケンカ中だった？」と聞いてきた。

「うーん……まあ、それに近い」

「あのね、どんなにケンカしても、次の朝行ってらっしゃいするときは笑って言おうね、って、これうちのルールなの。旦那さんと決めたの」

温かいスープをすすりながら聞く。

「うちのお父さん、昔、出勤中に事故に遭ったじゃない、リコちゃんはまだちっちゃくて覚えてないかな」

「ぼんやりと記憶にはあるかなあ、脚折ったんだよね？」

「そうそう。あの朝、お母さんたちケンカしてて、お見送りしなかったんだよね」

どうやら母はそのことを、とても悔やんでいたらしい。あの気丈な母にも、そんなもろい一面があったのか。

「それがすごく印象に残ってて。だからルールを作ったの」

「いいね」

「そう思うんなら、もっと明るい顔して。シャワーでも浴びてらっしゃい」

「なんか、そういうのも罪悪感で……」

「あのね、それは自己満足！　自分をいじめるのと心配するのとは別だよ。賢児くんだってリコちゃんにはいつも通り生活してほしいに決まってるよ」

追い立てられるようにしてバスルームに入り、お湯を浴びた。

身体の表面を覆っていたなにかが流れ落ちるにつれ、だんだん頭が晴れてくる。すると心も少し軽くなって、久しぶりに深く呼吸できた気がした。

「リコちゃん、電話だよ」

「えっ」

ドアの向こうから聞こえた声に、急いでシャワーを止めた。

「あっ、賢児くんかはわからないんだけど」

水を垂らしながら脱衣所に上がった私に、姉が申し訳なさそうに携帯を渡す。表示を見ると【公衆電話】とあった。今どき公衆電話？

「初めて見た、この表示」

「いいから早く出なさい」

期待しすぎないように、ちょっと気持ちを整理してから通話を押す。
「……はい」
《あ、六条？　俺》
思わず携帯を握りしめた。久住くんだ……！
《よかったー、番号合ってた。話すと長くなるんだけど、携帯なくてさ》
「ね、今どこ」
《えっ？　えーと、空港から帰るとこ》
「迎えに行く。乗り換えの駅に着くの何時？」
《ええと……あと一時間半くらいかな》
「すぐ出るから！」
《待て待て、携帯ねえんだって。場所決めないと会えないんだよ》
あっ、そうなるのか。
決めると言ってもその駅にあまり詳しくないから、わからない。
《えーと、一番でかい改札わかる？　くそ、改札名が出てこねー》
「行って探してみる」
《外に時計があるとこな》

うん、と言おうとしてくしゃみが出た。

《どした?》

「シャワー浴びてて……」

《なに慌ててんだよ》

呆れたような声。

そっちこそ、なによその普通の態度。人の気も知らないで。

《じゃ、後でな》

「うん」

タオルで頭を拭きながら、待ち合わせの駅までの行き方を考えた。すぐ準備して出れば、十分間に合う。

「賢児くん、元気だった?」

「あっ、聞くの忘れた……」

だけどたぶん元気だ。なんだか拍子抜けするくらい、いつも通りの彼だった。

「お部屋片づけておくから、行っておいで」

「ありがと」

震える手で服を着て、メイクも髪を乾かすのもそこそこに飛び出した。

慣れない駅でやっぱり迷い、構内図を確認して右往左往している間に、待ち合わせの時刻になっていた。

ようやくたどり着いた改札には、もう久住くんがいた。壁にもたれ、両手をポケットに入れてぼんやりしている。

ふと視線を動かした弾みに私に気がつき、目が合った。ちょっと眉を上げてみせてから、笑顔になる。

それを見たら、声が出なくなった。

「よお、聞けよ、すげえ災難……わあっ！」

駆け寄った勢いそのままにしがみついた。

煙草を吸ってきたばかりなんだろう、そんなにおいがする。

「えっ、え、なに、どうした？」

「心配した……」

「あれ、俺、行き先言ってった？」

周囲を気にしてあたふたしながらも、腕を回して背中をなでてくれる。優しいその仕草に、目の奥が熱くなる。

「行き先どころか……」

安心したおかげで、いろいろ溜まっていたものが噴き出した。

「出張自体、聞かされてないよ！」

「いってえ……！」

私が殴ったみぞおちを押さえて、久住くんが身体を折る。

「お前、きつ……グーって……」

「なに普通に帰ってきて、電話とかしてるわけ？　その前に言うことないの」

「絶対そこ言われると思った」

「海外行くときくらい、教えてよ！」

「わかったよ、悪かったと思ってるよ」

私の目つきが変わったのを見て、久住くんの表情に怯えが走る。

「〝悪かったと思ってる〟っていうのはねえ、状況を説明しているだけであって、謝罪の言葉ではないんだよね……」

「はい、ごめんなさい」

「なにが」

「黙って出張行って」

「それだけ？」

「えーと……心配させて？」

本気で心当たりがなさそうに首を捻るのを見て、なにそれ、とガックリきた。

「それだけ……？」

「そんなに俺に謝らせたいのか」

責められっぱなしが不服だったのか、今度は久住くんが不機嫌な声を出す。

「反省を促してるの」

「あのな、大変な思いして帰ってきて、記憶だけでお前の番号にかけたんだぞ、褒めてもらってもいいくらいだと思うんだけどな」

私が褒めるところなの、それ？

「なんで私にかけたの」

今頃、涙が出てきた。それを目にした久住くんが、ちょっと動揺を見せる。逃げ場を探すように視線をあちこちさせて、やがてふてくされた声を出した。

「後悔してたの、やっぱりお前に言ってから出てくりゃよかったなって」

私に視線を戻し、「泣くなよ」と顔をしかめる。そのくせ目元を拭ってくれる指は優しい。

「こっちでどれだけ報道されてたか知らないけど、空港に二十四時間くらい軟禁くらって、銃とか持ってる奴に囲まれて、けっこうきつい思いしてたの。そのとき、そう思ったの」

「なんでそう思ったの?」

「泣くなって……」

「なんで思ったの」

改札を入ってすぐの場所で、涙を流した女に詰め寄られて、久住くんはいよいよ居心地が悪くなったらしく、落ち着きをなくし始める。

「帰ってから話さねえ?」

「もう一発いこうか」

ネクタイを引っ張ると、観念したように渋々口を開いた。

「お前が心配してくれてるって思えたら、ちょっと救われるだろ」

「あーあー」と久住くんが呆れ声を出し、ぐちゃぐちゃになった私の顔を両手で挟み、覗き込む。

「こんなとこで、こんな泣いちゃって、どうしたのお前」

「久住くんに言われたくないよ」

「俺別に、泣いてないし」

「原因だって言ってるの！」

「はいはい、どうせ俺が全部悪いんだろ」

開き直ったのか、私を抱き寄せて、「あとなに謝ればいい」と頭をなでながら偉そうに聞いてきた。

「……ずっと連絡くれなかった」

「そんなの、お前だって同じじゃん」

「私の言うこと、聞いてくれなかった」

「説得が甘いんだよなあ」

「飲みに行ったくらいで怒った……」

「それは、お前がルールを破ったからだ」

「謝る気ある⁉」

「あるけどさあ」

あくまでも、それらに関しては自分は悪くないと言い張る気らしく、悪びれる様子もない。この野郎！

「いつも説明が足りない」

「うーん……」

「言葉がきつい」

「あー……それはごめん」

「私のこと不安にさせる」

「ごめん……」

腕の中の私を、大事にかわいがるように、頬にキスをくれる。

涙が溢れて止まらなくなった。

見上げると、久住くんの目が戸惑ったように揺れた。

私の声は、もう涙でぼろぼろ。

「私ばっかり、好きで、でも久住くんは」

「え……」

「一度も好きだって言ってくれない……」

しがみついて、顔を押しつけて泣いた。これまでの不安とか不満とか、全部ぶつけるみたいに。

驚いたのか、一瞬緩んだ久住くんの腕が、また私をゆっくりと抱く。これまで経験したことがないくらい、強い力で。

「ごめん」

ぎゅう、と頭ごと抱きしめてくれた。

「ごめん、好きだよ」

泣きじゃくるばかりの私を扱いかねてか、ためらいがちに髪をなでて。子供にするみたいに、何度も頭に頬をぶつけてくれる。

「なあ、六条……」

困り果てたような声が、耳元に降った。

「好きだよ」

返事なんて、できなかった。

＊　＊　＊

「いやー、血相変えて飛び込んできてさ、愛を感じたね」

「ほんとですか、恥ずかしい奴ですね、すみません」

この男……。

永坂さんが私のことを語るのを、涼しい顔で久住くんが流す。

一緒に階段を下りながら、ふたりの会話を苦々しい気分で聞いた。

「にしても無事でよかったよ、相当危なかったんだろ」

「クーデター自体はね、軍がやってたんで、統率取れてたんですよ。なのにいきがったバカな観光客が、軍人のひとりにケンカ売って」

ひえ、聞いているだけで肝が冷える。

「目の前で銃とかぶっ放されて、また別のバカがそれを撮影し始めて」

「それで全員、携帯取り上げられたのか」

「完全にとばっちりですよ。会社のも取られたんです、やっぱり始末書ですかね」

「理由が理由とはいえ、形式上はな……」

書くほうも承認するほうも気乗りしなそうに、はあと息をついた。

「スーツケースは見つかったのか?」

「単なる積み忘れだったらしくて、昨日空港に着いたって連絡が」

「厄年なんじゃないの、お前」

「終わったと思ってたんですけど」

土日が明けても疲れが取れていないようで、久住くんが首を回す。

「まあ、ああいう国だと身をもって知ることができたのは、ラッキーでした」

「経済は政治の影響を必ず受けるからな。取引の進め方も、ひと工夫いるなあ」

どれだけ前向きなの、と驚いているうちに、国内営業のある階に着いた。デスクに戻ろうと、ふたりに挨拶して別れようとしたところを、久住くんに呼び止められる。

「あのさあ、俺への愛に免じて頼みがあるんだけど」

「日本語おかしくない？」

ていうかその〝愛〟とか、もう一回言う必要あった？

踊り場の私を数段下から見上げ、彼がなにやら人の悪い笑みを浮かべた。

「絶対怒ると思うから、永坂さんいる前で言わせて」

……なんだ、いったい。

警戒しつつも、まあ仕事の話ならと足を止める。

内容を聞いた瞬間、怒りはしないものの、叫んだ。


「ちょっと待ってよね！」

「まあまあ、いい人選だと思うよ」

ビールジョッキをテーブルに叩きつけた私を、吾川くんがなだめる。

忘年会シーズンが早くも始まっているのか、会社近くの居酒屋は団体客で賑わっている。隅っこで飲む私たちのもとに、招集をかけた本人がようやくやってきた。

「荒れてるな、六条」

「誰のせいだと……」

「あ、生みっつ」

「私まだ半分以上残ってるんだけど」

「なにかわいこぶってんだよ、そんなのひと口だろ」

ジョッキを首筋に押しつけてやると、「冷てえ！」と声をあげる。

やがて新しいジョッキが揃ったところで、吾川くんが乾杯の発声をした。

「国境警備隊発足を祝してー」

「なんで警備隊だよ、言うなら国連だろ」

「でも国連の公用語って、日本語ないじゃん？」

「なんでもいいけど、なんで私なの……」

久住くんの頼みというのは、要するに海外部門と国内部門が、互いに学び合う場を作ってくれ、ということだった。

そんなふうに言うと簡単そうに聞こえるけれど、とんでもない。

「いったいいくつの部署を取りまとめればいいの」

「まあ、俺ら宣伝と、販促、サービス、カスタマー、用品、ざっと数えただけでもこれだけあるね」

「個別にやるより、誰かが統括したほうが効率いいに決まってるだろ」

「だからってねえ」

あんまりなことに、『お前が適任だから、海外営業の総意として本部長にもそう打診しちゃった』らしい。共犯だった永坂さんも、『ごめんねよろしく、頑張って』とにこにこしていた。

こういうところが確かに海外営業は、国内営業と比べなくても、軽い。

事態を知った幸枝さんと時田さんにもおおいに笑われ、『なにかあったら相談に乗るよ』とおまけのように励ましの言葉をもらった。

「計画立てるところは、俺らも手伝うからさ」

「宣伝課なんて、もうぎらぎらしてるよ、海外から盗んでやるって」

「年内に少しでも手をつけちゃったほうがよさそうだよね」

下手にきりよく年明けから、なんて色気を出すと、ずるずるとスタートが遅れかねない。ため息をついた私の肩を、頼もしげに久住くんが叩いた。

「ほらな、そういうとこ」

「確かに適任だよ、よろしくね六条さん」

「頼むぜ、ライバル」

「悔しい……！」

その言葉に、簡単に踊らされてしまう自分が情けない。

この姿勢と実行力こそが久住くんたちの強みだ。必要と思ったらやる、それも最速で、最善の手を尽くして。

私たちは確かに、彼らから学ぶことがたくさんある。

「そういえばさあ、久住から聞いちゃった」

久住くんがお手洗いへ立ったとき、吾川くんが急ににやにやし始めた。

え。

「……なにを？」

「そういうのいらないから！　さっきだって久住の奴、すっごいナチュラルに六条さんの隣、座っちゃうし」

うわ、言われてみれば。

「六条さんが赤くなるとか、新鮮」

「うん、ちょっと、やめよう、その話」

「でもこれで、もう久住は完全に合コンから卒業かな」

「別にいいけど、合コンくらい……」

「それはいかん、彼女持ちを連れてくのは俺の流儀に反する」

主義とか流儀とか、わけのわからないものを持っているのは、男の人に共通する特徴なんだろうか。

「ねー久住ってさ、彼氏としてはどんな感じなの？　優しい？」

「いや……いつも通りだよ、たぶん」

こういうの、恥ずかしい。また自分の脳が誘導された通りに、ふたりきりのときの久住くんなんかを思い出してしまうから、なおさら恥ずかしい。

回想がそれ以上深いところまでいかないよう、必死に戒めた。

「それ、むかつくってことじゃん」

「吾川くんの感覚でしょ、それは」

「でも強引でしょ？」

「まあ……」

「好きだとか言ってくれる？」

「うー、うーん……」

「テクは？」

調子に乗り始めたのを、メニューで叩いて黙らせる。

いやらしく笑う吾川くんと、火照った顔をおしぼりで隠す私とを見て、戻ってきた久住くんが「なんだ？」と怪訝そうな顔をした。

「はあ？　俺、吾川になんかなにも言ってねえぞ」

「え……ええ⁉」

嘘！

帰ってから、衝撃の事実が判明した。

私のベッドに長々と寝そべった久住くんが、バカにしきった視線を投げてくる。

「騙されてんじゃねーよ」

「う……ごめん」

釣られた挙句いろいろ答えさせられて、完全に恥かいただけじゃないか……。

片腕で頭を支え、久住くんが冷ややかに言う。

「なんか余計な情報与えてねえだろうな」

「た、たぶん平気……」

ごにょごにょと答える私の腕を掴んでベッドの上に引き上げると、抱きかかえるように横に寝かせて背中をなでた。シャワーを浴びた身体から、いいにおいがする。

「お前、けっこう間抜けだよな」

「ごめんって言ってるじゃない」

「そういや須加さんがさあ」

いきなり飛び出た名前に、ぎくっとした。背中の手が、訝しむように這う。

「名前出しただけでこんな汗かくって、なに」

「ちょっとトラウマ……」

久住くんとの距離が開きに開いた、決定打ともいえる出来事に関わる名前なので、できることならこういうひとときに聞きたくない。

「気の毒なこと言ってやるなよ」

「久住くんがそれを言うのね」

「俺に宣戦布告してきたぜ、『僕にも挑戦権くださいよ』って」

うわあ……。須加さんなら、ほかにいくらでも女の子が見つかりそうじゃないか。なんで私なんか。

「私、ちゃんと飲み断ったよ、一回」

「知ってるよ、偉い偉い」

満足そうに微笑んで、頭をなでてくる。

やっぱりあれは、誘わせておいて、私を試したんだな。そういうところが自分勝手だって言うんだよ。

「また、好きにすればみたいなこと言ったの？」

「お前がぐらつくの、見てやろっかなと思ってさ」

「最低！」

これには腹が立って、ドンと向こうの胸を叩くと、楽しげな笑い声とともにギュッと抱きしめられた。

「嘘だよ」

「嘘？」

「ふざけんなって言ったよ。だからあっち気にすんなよ？」

からかうように、腕の中の私を見る。

自然とお互い顔を寄せて、キスをした。冷めきらない酔いも手伝って、とろとろとまどろむようなキス。

「ところで、そろそろ待ってるんだけどな」

「来ると思った……」

私の顎に指を添えて、にやにやと嫌な笑みを浮かべる。

「偉そうに人に言わせてばっかりで、自分はいつになったら言ってくれんのかね、乃梨子さんは」

顔を見られたくなくて、胸に額をくっつけた。

そうなのだ、私は結局、いまだにきちんと言えていないのだ。好き、と。

あのとき言ったじゃないか、と私としては主張したいのだけれど。『あれで言ったつもりかよ』と鼻で笑われると、確かにそうかもしれないと思わなくもなく。

「そのうちに……」

「おーい、やればできる子じゃなかったのかよ」

ほんと頭くる、この人。

けれど今は機嫌がいいのか、それ以上しつこくはせず、代わりに柔らかいキスをくれた。

身体に回された手が、明確な意図を持って肌の上を這い始める。久住くんが〝女子素材〟と呼ぶ、ふわふわのカーディガンが肩から落ちる。シャツのボタンを外しながら、彼が困ったように吹き出した。

「緊張する」

「またそれ」

好きだと言わされてから、久住くんは私に触れるたびそう言う。どうやら、本当に緊張してしまって仕方ないらしい。

「笑うなよ、真面目にやってんだから」

「笑ってないよ」

向こうのパーカーと、下に着ていたTシャツも脱がせる。

素肌で抱き合うと、満足の吐息が漏れる。

久住くんがまた呟いた。

「緊張する……」

「あのね」

実際、指先が冷たくなっていたりするから、驚く。

「どうしちゃったの」

「だってさあ、なんか、大事だし、変なことして嫌われたくないし」

「女子なの？」

「なんとでも言えよ、もう」

もどかしくなるくらい丹念に私の全身をなでて、残った服を剥ぐ。ひんやりした手が、私の肌を熱くした。

「……急にしなくなったのも、それ？」

「まあ、そうだよ」

私を下に敷いた状態で、久住くんが枕元に手を伸ばした。ライトが消えると同時に、静けさも増した気がする。見えない中で、手と唇で探り合う。

「お前、夜はやらしいくせに、すごくいい仕事するし、ちゃんとしてていい奴だし。そういうのわかってきたら、だんだん、どうしたらいいかわかんなくなってさ」

「え、なんでわからなくなるの？」

「リスペクトが増すと、自分勝手した後の後悔がすごいの。めちゃくちゃやった後とか、ほんと消えたくなった……」

本当に消えてしまいそうな声だ。

「でも時間がたつと、やっぱり抱きてーってなって、いやダメだ、の繰り返し」

「自分勝手してた自覚はあったんだね」

「えっ。でも、お前も喜んではいたよな？」

「どうだろうね？」

「えっ」とらしくもなく弱気な動揺を見せる。

くすくす笑って、彼の頭を抱きしめた。清潔な短い髪に、指を埋めてキスをする。

「自業自得だよ、やっぱりおかしかったんだって、あんな始まり」

「流されといて、よく言うぜ」

腕の中で、鎖骨や胸に甘いキスが降る。震えたのをたぶん感じ取られて、刺激がだんだんと強くなっていった。

「俺だって考えてたよ、なんであんな無理押ししたのか、自分でもわかんなくて」

「相性がよかったからじゃないの?」

「まあ、それもあるだろうけど」

お互いの声に、吐息が混ざり始める。それでも話したいことは尽きず、どちらも口を閉じることはなかった。

「なんだったんだろうな」

「私が聞きたいよ」

「まあ、結局さ……」

なぜか久住くんは続きを言わず、そんなタイミングで、ぐいと身体を重ねてきた。

その重みと熱に、息が漏れる。

「なあ」

「なに……」

そろそろ返事をするのもきつい。

ゆっくりと揺れる視界の中、久住くんが私の頬をなでた。

「俺のこと好きって言って」

ちょっと、今はやめてよ。そんな甘い目で見下ろされたら、つい言っちゃいそうじゃない。

「なあって」

深く揺さぶられて、思わずしがみついた。背中が汗で濡れていて、それが無性に嬉しかった。

「なあ」

「うん」

「うんってなんだよ」

久住くんの声って、いい。

乱暴にしゃべっていてもどこかかわいくて、仕事用の声を出しているときは、ひと言だけでぴりっと空気を引き締めてみせる。たまに本気で怖いけれど。

「俺のこと好き？」

探るように聞く声には、不安そうな響きと、傲慢《ごうまん》さが混ざっている。

怒るだろうな、と思いながらも、含み笑いで返した。

「うん」

久住くんは、不意を突かれたみたいに一瞬、きょとんとする。それから悔しそうに顔をしかめて、「ずりー」と楽しげに笑った。

恋愛シロウト

「いえ、このクズはですね、最初から私に目をつけていたくせに、より手軽に落とせそうな私の友人から先に手をつけ、たらし込んだんですわ」

「えっ、最低」

「で、頃合いを見計らって私のほうにちょっかいを出し、私も若かったのと、そんな裏事情を知らなかったのとでコロっといきまして」

「うんうん、最低」

「ちなみにその友人とはそこで一度切れましたよ。今じゃ復縁して、酒の肴《さかな》にクズの話で盛り上がってます」

あはは、と花香さんが笑い飛ばした先には、当のクズがさすがに居場所をなくし、顔をそむけていた。

これは確かに、私には知られたくない話かもしれない。いや、私以外の誰であっても嫌だろう。まあこういうのを武勇伝と胸を張ったりしないあたりは、評価に値しないこともない、たぶん。

花香さんが詳細な報告書を持ってきてくれたついでにランチに出た私たちは、久住くんを吊るし上げて楽しんでいた。

「まあ、今回の仕事も終わりましたんで、もう会うこともないですかね」

「えっ、でも共通のお友達がいるなら、遊んだりしても」

「連絡しようにも、プライベートの連絡先なんか知らないからな」

「私、まだあんたの番号、残してあるよ」

「着拒用だろ?」

「さすがゲス、そういうとこだけ鋭いね」

「俺がかけると思ってるめでたさが信じがたいよな」

仲悪いなあ。

このふたりはどうやら、本当にこれで切れる気らしい。私がさみしがるのも変な話だけれど、正直ちょっとそんな気分。

「でも私とは縁が続くと思いますよ。仕事柄、いい旅行代理店さんを探してる部署、ありますから」

「あらー、本当ですか、お声がけいただけたらどちらにでも伺います」

「紹介しておきますね」

「ぜひです」

嬉しそうに名刺を五枚ほどくれる。

「それじゃ俺とも切れねーじゃん」

「あんたが六条さんに失礼なことしないか見てるよ。もしやったら、この会社で生きていけないようにしてやるから」

「怖えよ……」

花香さんの迫力に押され、久住くんが小さく呟いた。


「想像を超えてた」

「だから、昔の話だって」

「人がそんなに変わるものかな」

「変わるんじゃないか？　澄ましてた誰かさんが俺にすがって泣くくらいには」

スーツの背中を叩いた。

花香さんと別れ、会社に戻る途中、ふと見上げた空はもう冬の色。白っぽく光る青に、目の奥が鈍く痛む。

「でもさあ、別に俺、緊張なんてしたことなかったぜ」

「え？」

「あいつといたとき。ていうか、お前以外、そんなの感じたことない」

両手をポケットに入れて、ちょっと俯いて歩く。ふてくされた子供みたいな姿が笑いを誘った。

「なにかおかしいか」

「ううん、続きをどうぞ」

知らんぷりして促すと、不本意そうなふくれっ面になる。

「続きなんかねえよ」

「あら、そうなんだ、残念」

「なんだ、偉そうに」

「ねえねえ」

つれない腕をつついてみる。

「なに」

「ちょっと乃梨子って呼んでみて」

ぎょっとこちらを見た顔が、だんだんと赤くなった。

「今は……無理だろ」

必死な感じで言うので、こらえきれず声を出して笑った。

「からかってんのか」

「違うよ、本気」

「楽しそうだな」

楽しいよ。

このへんだったよね、あの異常な事態が始まった場所。

思えば久住くんは、いつだってちゃんと言ってくれていた。わかりづらくても、多少乱暴でも、ずっと示してくれていた。

もしかしたら、彼自身が意識するよりも前から。〝お前が欲しい〟と。

私たち、いったいどれだけ下手くそなの。お互い、自分がなにをしているのかもわからず、いつの間にかこんなところまで来て。今さら初めの一歩みたいなことをしている。

だけど、遅すぎるなんてことはない。今から素直になればいい。

私も同じだけ、本気を返すね。これまでの私みたいに、たくさん困ってね。不敵さの崩れた無防備な顔、いっぱい見せて。

「ねえ」

ついに警戒して返事すらしてくれなくなった。腕を引いても、じろりと横目で見てくるだけ。

もうダメだ。笑いと一緒に、言葉がこぼれ出た。

「大好き」

久住くんの顔が、戸惑いに歪む。怒ったような表情で、けれど開いた口からはなにも出てこない。そのうち困り果てた様子になり、悔しそうに唇を噛んで、耳を染めて。

「だろうな」

腹立たしげな声で、そう言った。

番外編

それでも俺は悪くない

「どうしていつまでたっても参加者が確定しないんでしょうか?」

——そんなにめくじら立てるなよ。

内心で嘆息しながら、久住は以前にも言ったことを、もう一度丁寧に説明した。

「それは、こちらが会議日程を確定させていないからです。海外から来る場合、拘束期間は長くなりますし、フライトの変更には手間もコストもかかります。来日の機会を使ってほかの打ち合わせをしたいという考えもある」

期間内のいずれか二日間、などという曖昧な情報で、重要なポジションにある人間の旅程を組むのは無理だ。

「ですからまずは会議日程を固めていただきたいんです」

「それは、こちらも事情があってですね」

「幸枝さん、決めちゃいましょう、もう」

控えめな声が会話に入ってきて、きっぱりと言った。

「でもさあ」

「こちらが決まらないのって、役員日程の関係ですよね。会議に直接関係のない役員は、揃わなくてもいいと割り切りましょう」

「うーん……そうする？」

「時田さんにも相談しておきます」

先輩社員に頷いてから、六条が久住に向き直る。

「現状の第一候補の日程で進めます。明日中に確定のご連絡を入れます」

「助かります」

こいつが申し訳なさそうにしなくてもいいのにな。

こういう場面で、カバーに回ることの多い同期に、久住はそんな感想を抱いた。


「おう、どうだった？」

「まあ、簡単じゃなさそうですよ」

「主に気持ちの部分で？」

席に戻ると、課長の永坂が興味を隠さず聞いてくる。久住は肩をすくめ、上司の好奇心に応えた。隣の席に着いた向井がため息をついて頷く。

「あれが普通の反応なんだろうな、国内営業の」

「聞いてはいましたが、いざ直面すると、残念な気分になりますね」

「残念、な。わかる」

すぐに仕事を始める気にならず、久住は向井を誘い、喫煙室に行った。

煙草に火をつけながら考えた。腹が立つほどでもないし、不快というのも違う。海外営業に好感情を抱けない、向こうの心理は理解できる。が、共感はできない。

——だって仕事だぜ。

「あの六条さんて、同期なんだろ」

「みたいですね」

「気を使っちゃって、見ててかわいそうだよな」

「まあ、仕方ないんじゃないですか」

ふたつの部署の関係が今の構図に収まってから入社した久住と六条は、家庭同士の不仲を聞かされて育った子供みたいなものだ。国内営業にいる彼女のほうは特に、周囲がいまだに怨恨《えんこん》の渦中《かちゅう》にあるせいでやりづらいだろう。

相手の家の子と仲よくすれば、親に叱られる。くだらないよな、と心中で話しかけた。だがそれが今、彼女がいる部署の現状だ。その中でやっていくしかない。

「おっ、久住だ。なあ国内と仕事してるんだろ、どんな具合なの」

「俺、見ちゃったよ、なんかきれいな子がいたよな」

そこへ営業部の先輩社員がふたり騒々しくやってきて、久住を見るなり肩を抱いて、なああなあと絡みつく。

久住は苦笑する向井と目を見合わせた。思うことは同じだ。

——こっちはこんなにのんきなのに。

「あの子、久住の同期なんだよ」

「マジか！　今度飲ませろ」

「そのうちセッティングしますよ」

「そのうちってなんだよ、逃げる気か」

「逃げませんよ、そのうち必ずね」

ぽんぽんと彼らの肩を叩いて約束した。

「向井も興味あるだろ？　どんな子？」

「てきぱきしてて、仕事できそうな子だよ、飲むならお前らだけでどうぞ」

「久住、忘れんなよ！」

「それよりおふた方、製販の計画書出てませんよ」

「今ちょうどやってるとこなんだな、それが」

蕎麦屋か、と呆れながら、向井もわかっているのだと久住は考えた。

今、久住たちが六条を誘ったりしたら、あの定例会において彼女が完全に板挟みになり、下手をすれば向こうで裏切り者扱いされかねない。人間関係が構築されるまで、もう少し待ってやらないと。それから、あくまで同期として久住が誘い出すほうがいい。向井まで来てしまうと、彼女の立場がますますややこしくなる。

久住は、いつも少し困ったような表情で、おとなしく控えめに、周囲の妨げにならないよう振る舞っている六条の姿を思い浮かべた。

もとから内気なのかもしれないが、もしそうではなく、周囲の空気が彼女をあんなふうに縮こまらせているのだとしたら、国内営業は相当に腐っていることになる。

まあ、頑張れよ。

半分他人事、半分同情の気分でそう考えた。

＊　＊　＊

「暑っつ！」

「お疲れ」

弟の和樹《かずき》が、姿を見せるなりネクタイをほどいて鞄に突っ込んだ。

そろそろ来る頃だろうと頼んでおいたビールが、ちょうど運ばれてくる。

「おー、さすが兄貴」

「乾杯、調子どうだ」

「変わんねーよ、歩きまくって汗流してる」

駅ビルの屋上のビアガーデンが営業する季節には、必ず和樹とそこで飲む。ビール好きなふたりの夏の儀式のようなもので、今年はお互い忙しかったため、八月に入った今日、ようやく初回となった。

「お前、なんか締まったな」

「だって、すげー体力使ってるもん。夏は特に、体重ガンガン減ってくよ」

煙草の煙を吐き出しながら、充実した顔で和樹が笑った。人材業界で法人営業をしており、新規開拓もルート営業もする、いわゆる外回りだ。父譲りの甘い二枚目で、人懐っこい性格の和樹には向いている仕事らしく、業績は年長の社員を押さえてトップクラスと聞く。

「なんかおもしろい話ねえの」

「あるよ、鉄道会社が今、こぞってエンジニアを募集しててさ、大量に」

「新駅でもできんの？」

「いや、駅のシステムが一新されるらしい。都内まるっと」

「へえ」

　思わず驚きの声が出た。

「五輪特需だな」

「だよなー」

　そういう情報は、消費者に公にされる遥か以前に、関連する業界にこうして少しずつ出ていくのだ。これだから、働くというのはおもしろい。

「兄貴のほうは？　中国に現地工場を検討ってニュース読んだけど」

「いやー、ぶっちゃけ頓挫《とんざ》だな。もう政府があの手この手で介入してくる」

「早いとこ手引いたほうがいいんじゃないの」

「今、上が社長にぶつけるための提案書まとめてるよ」

　言っていて久住は、そのためのデータ集めを急がないといけないのを思い出した。頭の中のスケジュールを書き直し、明日片づけてしまおうと決める。

　ふと和樹のワイシャツの胸ポケットで携帯が震えた。新しい煙草に火をつけながらチェックする、その表情は柔らかい。

「彼女か」

「そう、ねえ同棲ってどう思う」

「えっ、するのか？」

「したいって言われてるんだよね。俺もまあ、そろそろかなと思ってるし」

見るともなしに向こうの携帯に視線をやると、親切なのかなんなのか、画面を見せてきた。【今帰り】とか【今日は遅くなるんだよね？】とか【お兄さんによろしく】とかいう他愛もない会話の最後に、三日月の絵文字とハートマーク。

なんだかもう、むずがゆい。

「……いいんじゃねーの、よくわかんないけど」

「母さんがなにかめんどくさいこと言い出さないかなあ」

「会わせたことあるんだろ？」

「あるけど、彼女の印象どうだったって聞いても、教えてくれなくて」

「あー……」

久住たちの母親は、長男を頼りにし、次男をかわいがるというわかりやすいタイプで、和樹のことはいつまでも子供と思いたがっている節がある。

「先に父さん丸め込もうかな」

「いやー、逆効果だろ。母さんがへそ曲げたら未来ないぜ」

「そうだよなー」

うーん、と悩みながらも、なんだかんだ幸せそうだ。

三日月は和樹のトレードマークのようなものだ。苗字と名前を続けて読むと、後半が〝みかずき〟となるからだ。

最初に見つけたのは幼い久住だった。そしてもとは取引相手だった今の彼女も、初めて会ったとき、名刺を見てすぐにそれを指摘したのだとか。

『一発で好きになっちゃったー』と和樹が言い出したときには、大丈夫かこいつと心配になったものの、結局こうして何年も続いているのだから、わからない。

「兄貴はないの、最近」

「ないな」

「復縁婚とか流行ってるじゃん、あの元気な姉ちゃんどうしてんの?」

「思い出さすなよ、せっかく忘れてるんだから」

苦々しい思いでぼやいた。当分、付き合うとかそういうのは考えたくない。

「兄貴は要領よさそうに見えて、わりと手抜くのが下手なんだよな」

「うるせーよ」

和樹の言う通りだった。遊びと割り切った関係なら別だが、付き合うとなるとそれなりに真剣にエネルギーを注いでしまうため、衝突の衝撃も大きく、損傷が激しい。ところが相手からすると、久住は何事も上手にいなしそうに見えるらしく、それをあてにして全力でわがままをぶつけてきたりする。ぶつけられたパワーをどこにも逃がせず、相手の知らないところで本気で疲れてしまう久住は、やがて全部を捨てたくなる。正直に『もう嫌だ』と伝えてみるものの、それは相手からしたら不意打ちで、毎度激怒され、泣かれ、浮気を疑われ、精根尽き果てて終わる。

付き合いが長かった分、直近の別れは消耗した。つい思い出したらくたびれて、力なく息をついて煙草を吸った。

＊　＊　＊

「あ、久住くん」

「おう」

翌日、食堂で六条に呼び止められた。

「会議日程、確定したから。後でメールするね」

「助かるわ、サンキュ」

きっちりと有言実行するあたり、彼女らしく頼もしい。

「遅くなってごめんね」

別に六条が謝ることではない、と思いながら彼女を見ていて、気がついた。

「それしか食わねえの？」

ベーカリーコーナーの総菜パンをふたつ持っている。久住だったら三時のおやつにも物足りないくらいの量だ。

六条は自分の手元を見下ろして、恥ずかしそうにちらっと笑う。

「あ、うん」

……待っても、特にそれ以上の情報は返ってこなかった。

「あの、じゃあまた連絡するね」

「ん」

遠慮がちに微笑んで、足早に去っていく。

怖がられているのかとも思ったが、単に話すことが見つからなかっただけだろう。

もっとのびのびやればいいのに。そんなことを考えた。

「それ、久住が嫌われてるだけじゃね？」

偶然会って、一緒に食事をとることになった宣伝課の同期、吾川がいかにも彼らしい適当な考察をした。

「嘘だろ」

「なんで嘘なんて言えるんだよ」

「嫌われる理由がない」

「お前のその自信って、どこから来るの？」

自信じゃない、ただの事実だ。

給料の使い道は上からコンパ、女の子、自分磨きだとのたまう吾川が食べているのは、食堂で一番安いメニューであるかけ蕎麦だ。内容はどうであれ、信条を貫く姿勢に敬意を表し、定食の中から唐揚げをひとつ進呈してやった。

「それよりさあ」

「嫌だ」

「まだなにも言ってねえよ」

「どうせまた合コン絡みだろ」

「そんな当然のことが読めたくらいでいばるなよ」

「お前がいばるなよ」

「なんなの？　昔はノリよく参加してたじゃん！」

「いつの話だよ」

　思い出すのも恥ずかしいが、確かに新人時代は、そういうのにも誘われるまま参加した。この子、と決めた相手を落とせたら勝ち、できなかったら負け、と自分と賭けをしているようなもので、なんというか、定期的な自分試しみたいな感覚でいた。我ながら調子に乗っていたと、たまに反省する。

「俺、海外営業の子から何度か頼まれてんだぜ、久住と飲ませろって」

「それは別に、合コンて意味じゃないだろ」

「え、じゃあ飲み設定したら来る？」

「うーん……」

　知らず、渋い声が出た。

　なんだかんだ、社交という面においては無精な自覚がある。その場で狩りを楽しむつもりがない以上、そういうものに時間を取られたくない。

　仕事仲間や取引先と飲むのは、後に必ずプラスがあるからいい。だが吾川の言っているのは、それとはたぶん、ちょっと違う。

「クールぶりやがって」

そういうわけでもないのだけれど、面倒なので否定せずにおいた。

＊＊＊

そろそろ六条を誘っても大丈夫そうかな、と思えたのは夏も終わる頃だった。

「私と？」

「そう、営業部の人がさ、飲んでみたいって」

定例会の合間の昼食のとき、うどんの有名な店で、ちょうど六条と隣り合わせになったので持ちかけてみた。六条は礼儀正しく「嬉しい」と言いながらも、こちらの真意を計りかねているような様子を見せた。警戒心が強い。

「俺もよく飲むメンツだから、気楽に参加してもらえれば」

「あ……そうなの？」

自分のために開催された会じゃないと知り、安心したのか、ホッと微笑む。

「楽しみにしてる」

「あ、じゃあ連絡先もらっていい？」

「うん」

このときまで、電話番号も知らなかったのだ。同期といえど、取り立てて近い存在と感じたこともない。久住にとって六条は、そんな相手だった。

このときまでは。

＊　＊　＊

「えー、じゃあセクハラなんかも普通にあるんだ？」

「セクハラというのか、まあ肩を抱かれたり膝をなでられたりは、しょっちゅう」

「訴えなよ！」

「耐えられなくなったらそうしようかな」

六条が楽しそうに笑う。

普通におしゃべりできるんだな、と久住は驚きと共にそれを見た。連れてきておいて、おとなしすぎたら先輩ふたりに悪いなと思ったのだが、杞憂《きゆう》に終わった。

「案外平気なんですよ、分別のある方にはちゃんと心配していただけますし」

「そんなもん？」

場のハイペースにもしっかり乗り、もう五、六杯目になるハイボールを傾けながら彼女が頷く。

「ああいうのって、一番つらいのは、理解者がいないことだと思うんです。あ、久住くん、これもうひとつ頼んでもらっていい？」

「了解」

久住がメニューを見ていたのに目ざとく気づき、テーブルの上の茶豆を指してきた。意外とちゃっかりしていて、思っていたよりずっとよく笑う。

「国内で、なんかおもしろい事例とかないの」

「おもしろいって？」

「俺らの参考になりそうなさ」

この機会に、もらえるだけ情報をもらおう。

少し聞いただけでも、六条の市場に関する知識は広くて深く、正確だ。たまにいかにも女性らしい感覚的な洞察《どうさつ》が入ったりするのも、聞いていておもしろい。

六条は腕を組んで、うーんと困ってみせた。

「バーチャルショールームっていう構想があってね」

「WEBの施策？」

「そう、ハンドリングは促進課なんだけど……」

売上が伸び悩んでいようが、国内の予算は潤沢《じゅんたく》だ。パートナーとなる広告代理店がいて、販促も宣伝もがっぷり四つに組んで、あの手この手で顧客を絡め取る。勉強したいとずっと思っていた。

酒のせいか、いつもより陽気な六条の説明を耳に心地よく聴きながら、こいつともうちょっと、じっくり関わりたいなと考えた。

＊＊＊

——関わるって、こういう意味じゃなくないか？

翌朝、思いがけず泊まってしまった六条の部屋から通勤する途中、寝不足と二日酔いを抱えて首を捻った。隣には、同じく眠そうな顔の六条が立っている。

ある駅でどっと人が乗り込んできて、ふたりは反対側のドアに押し流された。

「各駅ってここで混むのな」

「そうなの、でもみんな同じところで降りるから」

この朝の混雑の中、男女が会話しているというのは妙な詮索を招く。お互いそれを理解しているため、言葉少なに電車に揺られた。

六条の髪から、夕べ散々嗅いだ香りがする。軽く伏せられた瞼を見下ろしているうち、ふらっと唇を寄せそうになり、我に返って慌てた。

なにやってんだ、俺。

ふと六条が視線を上げたので、こちらの動悸がばれたのかと、ぎくっとする。

「印象違うね」

「え、なにが？」

「眼鏡」

ああ……。

「だろ」

「今日も定例会だね」

押しつけられたドアの窓から、流れる景色に目をやって呟く。

その静かな横顔を見て、心でも頭でもなく、身体が反応した自分に驚愕した。

夜通し腕の中に収めていた肢体の感触がよみがえってくる。酔っていたせいもあるのかもしれないが、六条は昼間の落ち着きを裏切って、素直に感じて素直に鳴く、嬉しい相手だった。

だが奔放とまではいかず、たとえば〝こうしてほしい〟といったことは言えない。

それでも欲求を隠しきれず、恥ずかしそうに唇を噛んで、潤んだ目で訴えてくる。それにあおられ、言わせてみたくて散々いじめた。

屈辱と羞恥に頬を染めて、泣きながら久住に屈する。征服欲が満たされると同時に湧き上がる、もっと乱れさせてやりたいという加虐心。

生々しく思い出される欲望に、体温が上がった。

できればもう一度。本音を言えば何度でも。

こんなことを考えている自分に、気づかれるわけにいかない。いや、気づかせて反応を見たい。

ふたつの思いが交錯する。

きっと戸惑って、恥ずかしがって、だが身体を重ねてしまえば甘く絡んでくる。

朝からなにを考えているんだ、と自分を戒めた。鞄を持つ手に力がこもる。

電車が揺れるたび、六条を押しつぶしそうになり、かばってやりたい気持ちとそのまま抱きしめてしまいたい気持ちの間でぐらついた。

——なんだこれは?

＊　＊　＊

「北米市場ってそんな強いの」

「だよ、年間でいけばまだ日本がトップだけど、月別なら上回ることもあるぜ」

六条が、頭の中でメモでも取っているように宙を見つめた。情報を与えると、よくこういう反応をする。

同期などという、後で必ずややこしいことになるとわかっている相手と寝るような自分ではなかったはずなのだけれど。六条を見ながらそんなことを考えた。

その六条は急に眠気に襲われたらしく、枕に頬をつけてぼんやりしている。ベッドの中は、ふたりの体温と六条の香りで満ちている。

初回以来、どうにも衝動が収まらず、毎日のように彼女を抱き、それでも足りずにいる。女なんて懲りたはずじゃなかったのか。

「まだ寝るなよ」

「え……」

肩を揺すったら、眠たそうな目がこちらを見上げてきた。その目が『今日もなの？』と困惑気味に問うてきたので、『今日もだよ』と目で返す。

悪いか。自分だってやりたいくせに。

キスをすると、すぐに表情が変わる。仕事仲間の顔から女の顔に。

今日はどうしてやろうかな、と六条の並びのいい歯を舐めながら考えた。

きれいな顔が苦痛に歪むまで責めるのもいい、蕩《とろ》けるまで甘やかすのもいい。なんて考えている自分に苦笑した。どうせすぐに制御が利かなくなって、本能のまま貪るだけになる。毎回そうであるように。

これまでの久住なら、控えめな相手には、恥ずかしがらせないようそれなりの注意を払っていた。こと六条が相手となると、どうにもそういう配慮ができない。

でもまあ、いいよな、とあえてシンプルに考えることにした。

付き合っているという形もあることだし、六条も同意したわけだし、多少行きすぎたってそんなの、ふたりの間で笑えればいい。

腕の中の六条が温まってくる。理性のあるうちは、それなりの行動しかとらない彼女のタガを、さっさと外してやろうと決めた。

かすかな吐息が、弾む呼吸へ、やがて必死に喘ぐ声へと変化する。

——懲りたはずじゃなかったのか。

自分でもわからない、どうしてこんなことになったのか。明らかに乗り気じゃない六条を丸め込むようにしてまで形にこだわったのは、なぜなのか。

溶けてきた六条を抱きしめながら、少しの申し訳なさが湧いた。

だってほかに思いつかなかったのだ。

この身体を、自分だけのものにしておく方法を。

＊＊＊

「久住サン、焼けましたよ」

「あ、どうも」

出張先で、急きょ特約店のオーナーの家に呼ばれることになった。東南アジアの一国で、久住は一緒に来ていた営業課の駒井《こまい》という一年上の社員ともども、ホームパーティなるものに参加し、現地語にまみれている。

「やべー、現地語まったくわからん」

「俺もです」

ホストであるオーナーは近隣の住人も招いており、英語が達者なのは本人と、なぜか五歳と七歳の子供たちだけ。あとはまったく会話ができない。

私服をひと揃いしか持ってきていなかったので、必然的にTシャツとジーンズになったのだが、これでもきちんとしすぎていると感じるくらい、ほかのメンバーはラフだ。

　皿を空にする前に、オーナーがさらなる肉をどさりと盛ってくれる。

「WDM、楽しみです、とても」

「それはよかった。僕たちも御社のプレゼンを楽しみにしています」

「どちらにお泊まりですか？　よかったらうちへどうぞ」

「ありがたいんですが、明日も早くから移動なので」

　庭の奥にそびえる真っ白な豪邸に、泊まりたい気持ちは湧いたものの、かなり詰め込んだ日程上、残念ながら厳しい。今度はホテルを取らずに来てくれというオーナーの言葉に、いつか甘えようと決めた。

「夕べのホテル、声かけられなかったか」

「かけられました、ほんとにあるんですね、ああいうの」

　座れる場所を探しながら駒井と庭を歩く。

　声というのは、かわいい子いるよ、というあれだ。普段はそれなりのグレードのホテルを選ぶので、そういう輩が近づかないようホテル側が配慮してくれるのだが、昨日はスケジュール的にやむなく中級のビジネスホテルに泊まることになったのだ。

「行く奴がいるから、声かけるんだよな」

「ないですよねえ」

「ないない」

駒井は先日結婚したばかりだ。そりゃないだろう。

「あ、久住って彼女いるんだ？」

「いや、いなくてもあんなの、行かないでしょ」

「てことは、いるんだ」

六条の声がよみがえる。

——今、彼女いるのって聞かれたら、どう答える？

聞かれたよ……。

「……えーと」

「え、なに、別れ話中とか？」

「いや、そんなんじゃないですけど」

これは、思っていたよりだいぶ、言いづらい。

プラスチックの白いガーデンチェアに並んで腰かけた駒井が、興味深そうに顔を覗き込んできた。

「なにをそんなに照れてんの」

「照れてはいないです」

「えー、どんな子、どんな子？」

　なんだこの会話。

　地元産の、やけに苦いビールを飲みながら、「えーと」と言葉を探す。

「同い年で……」

「へー、かわいい系？」

「系……はわかりませんけど、見た目なら、かわいいよりは、きれい、かな？」

「中身は」

「中身……」

　この出張の直前、六条の姉に散々からかわれたのを思い出した。我ながら、もっとうまく対応できただろ、と恥ずかしくなる。

　――リコちゃんのどこが好き？

　似ていない姉だった。しっかりして見えて案外抜けている六条とは正反対で、ふわふわして見えて鋭い。

　今でもあの場面を思い出すと、動揺する。

たぶん六条は気づいていない。別に答えられなくて戸惑ったんじゃない。

どこが好きかって？

いっぱいある。

仕事の細やかさとか。人見知りに見えて、実はしっかり鍛えられている話術とか。真面目そうなのに、案外冗談が通じるところとか。暮らしが丁寧で、たとえば久住の使ったカップがいつの間にか下げられて、ゆすがれていたりとか、けれど押しつけがましくないところとか。

答えてしまいそうになって、焦ったのだ。聞かれた途端、急に溢れてきて、びっくりしたのだ。

――初めて六条と外出したときのことだった。

お互い予定がないというだけの理由でふらっと街に出て、なにをするでもなく昼食をとり、適当な店を見て、ショッピングビルの中のカフェに入った。

この〝お茶を飲む〟って行為は女特有だよな、なんて考えながら、なにか腹に入れるか夕食まで我慢するか悩んでいたとき、携帯が鳴った。

『あ、わり、仕事だ』

『いいよ』

六条に断って店を出る。中央が吹き抜けになっているビルの中は、中途半端な時間帯を持て余したようなカップルたちが漂っていた。

電話の相手は、特約店契約を結びたいと言ってきている豪州の販売会社の人間だ。休日に申し訳ないと恐縮してから、事情があって書類の提出が遅れる旨を説明してきた。念のため理由を確認してから問題ないと伝え、上司に報告する文面を頭の中で練りつつ店内に戻ると、窓際の六条が目に入った。

頬杖をついて、ぼんやりと窓の外を見ている。それからストローでドリンクを飲み、ふと気づいたようにバッグを探ると、小さな香水の瓶を取り出して手首につけた。もう一方の手首とこすり合わせるようにしながら、また窓の外を眺める。

携帯を見たりとか、しないんだな。

今でも思い出すことがある。席を外した久住を、ただ〝待っている〟その様子に、驚くほど心を揺さぶられたのを。

……そういうところだ。

「おーい、どこ行っちゃってんの」

駒井に肘で小突かれ、ハッとした。

「あ、えーと、なんでしたっけ」

「中身だよ、中身、彼女の」

「別に普通ですよ、駒井さんこそ、奥さんどんなタイプ？」

「俺の話はいいんだよ」

人には聞いておきながら、恥ずかしがって答えようとしない駒井を笑う。その陰で、胸元のシャツを掴んだ。ドクドクと脈打っているのが布越しにわかる。

あれ……なんだこれ。

なんだこれ？

＊＊＊

「運営会議にか、なるほど」

「確かにそれが一番早いですよね、反則技っちゃ反則技ですけど」

「この状況なら、ありだと思うよ」

出張から帰国した後、向井と仕事の引継ぎをしながら、六条から提案された件について話した。海外側の人員減で、国内側にも負担を強いることになる。

「人員の補充がないってのはきついですよねえ」

「ほんとだよなあ、お前も早めに永坂さんに泣きつけよ。これでこなしちゃったら、人事の思うつぼなんだからな、ほら補充しなくてもできたでしょって」

「向井さんの駐在の話が出たときから泣きついてますよ」

向井は久住が企画課に移る前、営業課にいた頃から面倒を見てくれていた、一番近い先輩社員だ。いなくなるのは純粋にさみしくもあり、また向井と同レベルの量と質で仕事をこなす人間が思い当たらないため、今後本当に回せるのかと不安でもある。

それに加え今は、もうひとつの懸念があった。国内営業の中で、六条たちの立場を悪くしてしまわないだろうかという不安だ。

当初、まさかそこまではと話半分に聞いていた国内営業の腐敗は、どうやら噂通りに深刻らしいと最近わかってきた。そんな中で、六条が理不尽に心と身体を削られているかと思うと、やるせない。

だがそんな心配もどこ吹く風で、『大丈夫』と六条は笑うだけ。それどころかこうして、大胆なショートカット案を提示してきたりする。

——あいつの部屋を出たいな。

六条の家に転がり込んで十日と少し。だんだんとその思いが強くなってきているのを感じた。なんだか、すごく失礼なことをしている気がしてきたからだ。

最初によくわからない弾みで寝たのはまあ、お互い様だからいいとして、その後は言いくるめるようにして付き合って、優しさに甘えて住まわせてもらって、居座って。六条が拒否しないのをいいことに、いい加減甘えすぎなんじゃないかと思えてきた。たぶん六条は人がよくて、どちらかといえばおとなしい性格のせいで、久住の勝手を諌めることができずにいる。そう思うと、今までのように気楽に手を出すのもためらわれる。

嵐のように襲ってくる、抱きたいという欲望が消えたわけではないけれど。むしろそれは強まっている気もするけれど。

六条は、そんなふうに身勝手に扱っていい存在じゃない。

「なに難しい顔してんだ」

「え、いや、なんでもないです……あれ」

そのときPCにメールが届いた。国内営業の黒沢からだった。

＊　＊　＊

「ごめんね、急に」

「いえ」

黒沢が掲げたビアグラスに、久住も自分のグラスを軽くぶつけた。

先週の金曜に誘いのメールをもらい、今日が月曜。

ふたりきりはまずい。そのくらいわかっていたし、実際『六条も呼びます？』とけん制してみたものの『じゃあ次は三人でね』とかわされて終わった。

なにか用事でも作って断ろうと一度ならず思った。それができなかったのは、彼女が六条の大事にしている先輩と知っていたからであり、またその一本気な性格に、いつしか敬意を払うようになっていたからだ。嘘をつくような真似をしてまで逃げる気にはなれなかった。

黒沢が予約した店は、会社から一駅離れたところにある隠れ家的な飲み屋だった。照明の抑えた店内を見回し、個室じゃなくてよかったと安堵したのは秘密だ。

「ＷＤＭの準備、どう？」

「おもしろいですね。海外から反響もあります。国内営業さんのおかげで、いろいろと勉強させてもらってますよ」

「よかった。あ、吸って吸って」

同じく喫煙者である黒沢が、灰皿のひとつを久住のほうへ押しやる。

「あっ、どうも」

久住が煙草を取り出すより早く、黒沢が自分の煙草をくわえた。威勢のいいキャラクターのせいか、吸っている姿がよく似合う。

「なに？」

「あ、いや、女性ってそういう、ケースみたいのによく入れてますよね」

久住は黒沢の赤いポーチを指さした。「ああ」と黒沢がその煙草入れに視線を落とし、微笑む。

「女はさ、男の人みたいに毎日同じ形の服を着てるわけじゃないから。ポケットがあるとも限らないし。だからこうしてバッグに入れておくのが一番なんだよ」

「なるほど」

食事が運ばれてくると、会話は危ぶんでいたよりずっと弾んだ。キャリアが長いだけあって、黒沢のする社内の話はおもしろい。国内営業が勢いがあった頃の華やかなエピソードなどは、そりゃあ海外営業を敵対視するわけだ、と二部署間の温度差を、ようやく久住に納得させてくれた。

もしかしてこのままお開きになるのかな、と気が緩んだ頃だった。

「久住くん、付き合ってる子いる？」

ちょうど店員を呼ぼうと片手を挙げたところだった久住は、なにをオーダーするつもりだったのかすっかり忘れてしまった。

店員はサービスよくすぐ来て、「えーと、ええと、これ、同じの」としどろもどろの久住を笑うこともなく愛想よく頷いて去っていく。

「……いるのかな、やっぱり」

「あの」

「もしいないなら、私のこと考えてほしかったんだけど」

深刻な空気にならないようにか、黒沢が小さく笑う。その手が意味もなく箸袋をいじっているのを見て、久住は愕然とした。緊張している。あの気の強い黒沢が、五年も年下の久住相手に。

「俺……」

こういう事態になったら、六条を言い訳にしようと決めてきた。付き合っていますと言えばそれで終わりだ。

だがいざそうなった今、久住の良心は揺れた。先日の駒井との会話のように、雑談ついでに彼女がいることにしておくのとは、わけが違う。

「……あの」

「いるんだ。社内？」

とっさに答えられなかった。いつからこういったことが、こんなに下手になったのか。そつなく話題を変えるくらい、なんでもなかったはずなのに。

追及する声に、意外そうな響きが混ざる。

「もしかして、私の知ってる誰か？」

どうしてなにも言えないのだろう。

黒沢の眉が、訝しむようにひそめられた。久住と黒沢の共通の知り合いで、ここで候補に挙げられる人間なんて、そんなにいない。

「もしかして、乃梨子ちゃん？」

うわ、と思った。なんだこれ。なんだこの居心地の悪さは。

「……はい」

想像以上に身近な相手だったからか、それとも久住と六条が到底そういう間柄に見えないせいなのか、黒沢が驚きに目を見開いたまま黙る。やがて、久住の顔をまじまじ見て、くすっと笑った。

「久住くんのそんな恥ずかしそうな顔、初めて見たよ」

「そんな顔、してますかね」

いたたまれなくなった。恥ずかしがっているのか、自分は？

「そっか、久住くんは乃梨子ちゃんが好きなのか。うん、言われてみればわかる」

「好きっていうか」

「仲よさそうだもんね」

「仲……」

改めて、黒沢の想像と自分たちの実情との間に、距離があるのを感じた。それはつまり、常識的な男と女の関係との距離だ。

別にそれでよかったはずじゃないか。気持ちがないのはわかっていた。だからこそ形だけでもと思ったのが始まり。それがどうしてこうもきまり悪いのか。

「照れなくたっていいじゃない」

「いや……」

「顔赤いよ？」

勘弁してくれ、と俯いて頭を抱えた。そんな久住を黒沢が遠慮なく笑う。

痛めた良心もどこへやら、久住は途方に暮れた。

恥ずかしい、と認めること自体が恥ずかしい。

いったい自分は、なにをやっているんだ。

＊＊＊

《引っ越した？　こんな半端な時期に、なんで？》
「それについては、長い話があってだな」
《なにそれ、引っ越し祝い持ってくから、聞かせて》
和樹が興味津々な様子を見せる。
笑いごとじゃねえ、と心の中で毒づきながら、今度来いよと誘った。
「お前のほうはどうなってんの、一緒に暮らすとか」
《なんとなく部屋探したりしてるよ、でもすでに条件合わないんだよなー、そもそも職場が全然違う場所にあるからさあ》
「なるほどなあ」
お互い忙しく仕事をしていたら、通勤時間は死活問題だ。どちらかが折れない限り平行線だろう。
《でも一緒に間取り図見てるだけで、いいぜ。リビングとか寝室とか、響きが》
「幸せそうだな……」

《暗い声出すなよー、なんかあったの？》

「なにもないけどさ」

歯切れの悪い返事で通話を終えた。負け惜しみでもやせ我慢でもないはずだ。実際、なにがあったわけでもない。少なくとも久住の理解の限りでは。

引っ越しを済ませたら、少し心が整理できた。久しぶりの自分の部屋。まったく慣れない新居ではあるものの、家具は学生時代から使っている愛着のあるものたちで、囲まれていると落ち着く。

しばらく酷使が続いた自制心を、ここらで休めてやろうと思った。

ベッドに寝転ぶと、どうもスペースが余ってスカスカする。

気づけば六条との同居は一カ月にも渡っていた。出張を除けば毎晩、狭いシングルベッドで一緒に寝ていたのだ、感覚も狂う。

そんなに長いこと、嫌がりもせず泊めた六条も六条だ。親切というか、流されやすいというか。押しかけた自分を棚に上げて、そんなことを考えた。

——六条の部屋を出ないとダメだ。

そう強く限界を感じたのは、衝動に突き動かされるようにホテルに入り、六条と一晩を過ごした翌日だった。後悔、自責、罪悪感。そんなものに押しつぶされそうになりながら一日を過ごした。

ひどく抱いた。自制できなかった。そんな自分に慄《おのの》いた。

六条を尊重したくて、触れるのを我慢するようになっていた。結局その分までぶつけるはめになり、手加減しようとしたものの、ほとんど実行できなかった。

六条が会社で涙なんて見せるから悪い。それがまた、黒沢と飲んだからなどというよくわからない理由で、説明が欲しかったのに、逃げるから。

離れたいなら言えばいい。なのに言わない。言わずに泣く。

泣くくらいなら、『もう別れる』とそれだけ言えばいい。言われたら聞く。そういう約束だ。

言わない以上は、六条もこの状況に満足していると、そう捉えるしかない。

こちらからこの関係を終わらせるつもりもない。

ふとデスクの上に、見慣れないものが乗っているのに気がついた。ベッドから手を伸ばすと、柔らかい感触。六条が髪を結ぶのに使っていたものだ。茶色の丸まったハンカチみたいなそれを弄びながら、ぼんやりと思考を巡らせた。

六条の働き方はもったいない。せっかくいい仕事をしているのに、控えめすぎて、見る目がない奴には気づかれない。

彼女に、国内と海外両部門の懸け橋のような存在になってほしいというのが、最近はっきりしてきた久住の希望だった。

『正攻法でやっても、のらりくらりかわされるだけだと思うんですよね』

『だろうね、向こうはまだ遺恨《いこん》にまみれてるからなあ』

同じような目論見《もくろみ》を持っていた永坂とも、相談を始めていた。

風穴を開けてやる必要がある。

WDMの仕事にかこつけて動くのがいい。六条を最初からこちら側に巻き込むか、彼女にも爆弾をぶつけるかも考えどころで、できたらぶつけたい。

部署対部署という構図においてはそのほうが美しいし、六条ならこちらの意図もすぐに察するだろうから。

そろそろ動きどきかな、などとこの頃の久住は考えていた。

＊　＊　＊

確実になにかがおかしいと感じたのは、それから少し後のこと。偶然帰りが一緒になった日、子供みたいにスーツの裾を掴んできた六条に、久住は唖然とした。

なんでこいつ、こんなに不安そうなんだ。

「泊まっていい……？」

いいよ。いいけど。

その言葉を俺がどう受け取るか、もちろんわかってるよな？

六条は急に表情を曇らせて、逃げようとした。とっさに捕まえた。

言いたいことがあるなら言えよ。相談ならいくらでも乗るし、なんだって聞くよ。だけどどうせ、言わないんだろ。

離したら消えてしまいそうに思え、人目があるのも構わず手を取って歩いた。

予想した通り、部屋に来ても六条は頑なに口を割らず、ずっと泣いていた。

これには正直、困った。こんなに悲しそうに泣く六条を初めて見たし、理由がわからないから、なにもしてやれない。

泣き疲れて眠る六条を、ひとりにしてやろうとベッドを出た。デスクで仕事をしているうち、ふと水音に気づいて振り返ったら、ベッドは空。

「……なんだよ」

つい独り言が漏れた。

なんだよ、帰るのか。泊まっていいかと聞いたくせに。今日は一緒に眠れるのかと思ったのに。

やがてシャワーから出てきた六条は、相変わらずなにか憂えているような様子で、だがやはりなにも言わない。濡れた身体を抱き寄せて、無力感に襲われた。

なにを悩んでいるんだよ。なんで話してくれないわけ。

うちに来たいなんて言うくらいには、参っていたくせに。話せるほどには信頼してくれていないのか。

前にも言ったけど、それはしっかりしてるって言わないからな。

本当にしっかりしているのなら、相手に心配なんか、させたりしないものだ。

六条の冷たい髪が、久住の頬を濡らす。

なあ六条。俺ってお前のなに?

＊　＊　＊

「いてえって、離せよ」

小柄な身体に似合わない怪力で、久住を人目につかないバックヤードに引きずり込み、花香がものすごい形相で睨みつけてきた。

「あんた、なにしとん……」

「まず訛《なま》りしまって。怖い」

そもそもなぜここにこいつがいるのかと久住は困惑する。今日はＷＤＭのリハーサルで、花香は関係ないはずだ。

「六条さん泣かすなっつーの、しっかりしなよ」

「えっ、あいつまた泣いてた？」

ついそう言ってしまったところに、鋭く噛みつかれた。

「またってなによ」

「なんでもねーよ」

「あんた、まさか性懲りもなくクズな所業を……」

「やってねー、やってねーって」

情けなくも抗弁《こうべん》は必死なものになった。

これだから昔の相手には会いたくない。お互い知りすぎていて、いい思い出ばかりでもなく、だがそれはあくまで過去の自分の話で、今の生活の中にどう組み込んでいいのかわからない。

「あんたってさあ」

久住を下からねめつけ、花香が腕を組んだ。

「はっきりしてるし、必要なことは言うし、それはいいんだけどさあ」

「おう……」

なにを言われるのか、壁に張りついて身構える。

「そのせいで、なんでもわかってくれてるような気になるんだよね、こっちは」

「わかるわけねーだろ、心が読めるわけでもないのに」

「読めるんじゃないかって思わせるときがあるんだよ」

「え？」

眉をひそめる久住に、花香がバカにしたような目つきを送る。

「あんたのそのかっこつけのハッタリが諸悪の根源だっつってんの」

「かっこなんかつけてねーし、なんのハッタリもかましてねーし」

「いっぺん振られろ」

「嫌だよ」

花香の眉が、ぴくりと上がった。

久住は、思わず本気で答えてしまった自分を恥じて、目が泳ぐ。

そんな久住の鼻先に、花香が指先を突きつけた。

「あんたは優しいけど冷たい。覚えときな」

「意味がわからん」

「自信満々で手を引いて歩いておいて、ある時点で急に、もう好きにしろって離すんだよ。てめーが連れてきたんだろってこっちは思うけど、あんたは『お前がついて来たんだろ』って言うわけ」

ぎくっとした。

「相手を尊重してるつもりだろうけど、突き放されたようにしか感じなかったよ」

「でも、実際お前、好きに歩けるタイプだっただろ……」

「歩けるけどさあ」

花香のまっすぐな目が刺さる。

「抱き上げて運んでほしいときだってあるよ」

あれ……と急に息苦しくなった気がして、ネクタイの結び目に手をやった。

——いつも男の子のほうがリコちゃんを持て余しちゃうの。

自分は違うと思っていた。だがもしかして、同じことをしているのか。

だって六条は、いつも凛としていて、弱みを見せたがらなくて、たぶん聞いても、悩みなんて打ち明けてはくれなくて。

それは単に、言わせてやれていないだけなのか。

お前なら大丈夫だよなって、押しつけているだけなのか。

「同じ失敗するほどバカじゃないって、思わせてよね」

去り際の、花香の厳しい声が痛かった。

＊　＊　＊

「これは次回も同じ規模でやるとなると、弊社も増員が必要ですね」

「どんどん増員してよ、で、企画とかも提案して」

WDMも二日目、会議が滞りなく進んでいる合間をぬって煙草休憩をしていたところに、代理店の須加がやってきた。現場の主担当として走り回っていた須加には、さすがに疲れが見える。

「久住さんがこんなに現場に強いって知ってたら、最初から頭数に入れたのに」

「俺の仕事はアテンドだよ、入れられても困る」

「弊社、アウトバウンドのビジネスにも力を入れ始めてるんですよ、久住さんの部署と、なにかお仕事できたら嬉しいんですが」

抜け目ないな、と感心する。スタンド式の灰皿の上で煙草を叩き、「あったら声かけますよ」とこの場は流すことにした。

この男と仕事をするのは楽しそうだ。動きがいいし、営業マンらしいあからさまな裏表があって、逆に信用できる。

けれど。

「ところで僕、六条さんをお誘いしたいんですが、いいですか」

久住は吸おうとしていた煙草を唇のそばで浮かせた。須加の、探りを入れるような笑みを見て、おもしろくない気分になる。

「なんで俺に、そんなこと」

「微妙な関係だとお聞きしたので」

六条の奴、とますますおもしろくなくなった。微妙ってなんだ。

「いいですか?」

「……いつ」

「できたら今日」

つい出た舌打ちを、聞かれなかったと思いたい。

思い出すだけではらわたが煮えくり返る。この男と六条が出てきたのを見てしまったとき、まるで理にかなっていない説明で、終わらせたいと言ってきた六条。

ふざけんなよ。誰がそんなんで終わらせるか。お前だって、本気で思ってなんかいないくせに。その証拠に、ちょっとつつけばボロを出す。

なんで俺を試すようなこと、するんだよ。なにがしたいんだよ。

「六条さんもお疲れでしょうし、労わせてもらおうかなと」

「誘うのはいいけど、手出さないでくださいよ」

「微妙なわりには我が物顔ですね」

久住の視線に、降参の印のように手を挙げてみせる。

「約束できないんなら……」

「します、しますよ。約束します」

腹が立つ。この男にも、六条にも。自分にも。

どうして誘うなとはっきり言えないんだろう。今の関係であれば、その権利は自分にあるはずなのに。

六条を試したいのか？　それも少し違う気がする。

「どのへんが〝微妙〟なのか、彼女のほうから聞きたいな」

「もう誘い出せる気ですか」

「ひどいな、これでも僕と飲みたいって女の子、多いんですよ」

そうおどけてから、吸殻を灰皿に落として喫煙所を出ていく。

そうだろうな、と見送りながら思った。

行くなよ、六条。絶対行くなよ、頼むから。

そして、ああそうかと気づいた。自分は自信がないのだ。

これ以上、六条を自分の勝手で振り回していい自信がない。ここから先は、六条自身に決めてほしい。

これが花香の言った、途中で手を離すということなんだろうか。

だとしても、どうしようもない。だって久住の気持ちは、きっともう決まっている。

あとは六条なのだ。

なんだか自分が、ただ拗ねているだけのように思えて唇を噛んだ。

六条、お前の気持ちは？

最近ふと見せる、不安そうな、すがるような目の意味はなんだよ。須加さんに、俺とのことを言えなかった理由はなんだ。

なあ六条。お前だって、俺のこと好きだろ？

違うの？

＊＊＊

本気かよこれ。

「大変申し訳ございません……」

「いや、そりゃ飛ばないですよね、お疲れ様です」

ＷＤＭを終えてすぐの出張の帰り、訪れた空港は、やけにものものしい警備員たちに囲まれていた。幸い乗る飛行機が日系の航空会社だったため、グランドスタッフも日本人で、詳しい話を聞くことができたのだが、それによれば反政府の軍事クーデターが準備されているらしい。

マジか、というバカみたいな感想しか抱けなかった。

ということは要所を固めているのは警備員じゃなく、軍人か。

「この空港も、あと一時間ほどで封鎖されるそうです」

「国内のほかの空港の状況ってわかります？」

「それが、情報が途絶えておりまして」

ほかにも搭乗客が殺到していたので、申し訳なさそうにするスタッフをそれ以上拘束しないよう、カウンターを離れた。

ついていない、と嘆息する。

まずホテルの延泊を確保するのが最優先だろう。

ほかの空港に移動して、そこから飛べたらラッキーだが、この国は以前にもクーデターが起こっていて、そのときは確か国内の全空港が封鎖された。

いっそ陸路で出るか？　だが隣の国も内紛があるんじゃなかったか……。

情報を集めないことには動けないので、ホテルに戻ろうとしたとき、背後で騒ぎが起こった。日本人のバックパッカーが、人差し指を振り上げて軍人に物申している。

その場にいた全員が凍りついた。

――アホか！

現地語を操れるという強気が裏目に出たのか、鬱陶《うっとう》しそうに顔をしかめる軍人に、何事かまくしたてながら詰め寄る。

破裂音が響き、数瞬の静寂の後、館内は騒然とした。

銃声か、と気づいた頃には、旅客は数カ所に集められ、周りをぐるりと軍人に囲まれていた。

あれ、これ、やばくないか？

なにがよろしくないって、軍人の話す言葉がまったく理解できないのだ。

「お仕事ですか?」

　ふいに声をかけられた。集められた旅客のひとりで、久住と同じくスーツ姿の若い日本人だった。一見して境遇が同じで、ホッとする。

「そうです、運がないですね、お互い」

「いつまで続くのかなこれ。報道され始めれば事情が見えるんだけど」

「あ、もしかして、こっちの言葉わかります?」

「ええ、もう何年も住んでいるので」

　助かった!

「ほかの空港ってどうなってますかね」

「今ね、嫁が家にいるんで、なにか知らないか聞いてるんですが、どうやら空港の無線LANが使えなくなったみたいで」

「あ、俺モバイルルーター持ってる……」

　そのとき、銃声がまた響いた。さっきのバックパッカーが、数名の軍人に引っ立てられていくのが見える。そしてそれを携帯で撮影していた観光客に苛立ったらしく、軍人がこちらに向かってなにか叫んでいる。

「あっ、まずいですね」

「なんですか」

「撮影機器を没収するそうです、携帯も含めて」

「げっ！」

そんなことをされたら、通信機器も全滅じゃないか。誰かあのバックパッカーと観光客、訴えろよ……というのはその場にいた全員の総意だっただろう。

もし無事に帰ることができたら、これを笑い話として六条に聞かせてやろう。

集団の中を、布袋を持って軍人が回る。へたに小細工するよりはと、私用携帯も会社配布のも、ポケットから出した。取引先のデータが流出するとまずいので、わずかな時間を使って、会社の携帯を初期化する。

罰が当たった気がした。六条に苛立ちをぶつけたまま、なんの歩み寄りもせず出てきた罰が。

彼女は久住がこんなところにいることも知らないだろう。

遠く離れた国で彼女のことを考えているなんて、想像もしていないだろう。

ふいに恐ろしくなった。本当に帰れるのか？

拘束は長引くだろう。じきに帰れたとしても、健康な身体とか、人としての尊厳とか、そういうものを一切失わず、来たときと同じ自分で帰れるのだろうか？

携帯を手放したら、誰にも助けを求められない。なにもかもをメモリに任せているこのご時世、自分の番号すらたまに怪しいのに。

会社の番号はいい、名刺に書いてある。家族もなんとかなる、和樹とはあちこちで繋がっている。

でも――六条は。六条は……？

＊　＊　＊

「すげー、そんな目に遭ってたの」

「そうだよ、やっとのことで東京帰ってきたらロストバゲッジしてるしさあ、もう数ある出張トラブルの中でも、最大級だったぜ」

「トラブルってレベルかよ」

和樹が心配そうに顔を曇らせる。

「なんか祟られてんじゃないの？　タヌキとかちゃんと供養しなかったんだろ」

「どこの日本昔話だよ」

くだらない会話を、六条がくすくす笑った。

和樹にみやげを渡すついでに、会わせようと連れてきたのだ。気楽に飲めるワインバーで、ゆっくりした土曜の夜を楽しんでいる。

「よく私の番号、覚えてたよね」

隣に座った六条が、感心したように言った。

最初から覚えていたわけじゃない。携帯を回収される寸前に、六条の番号だけ暗記したのだ。それはもう、必死で。

「だろ、いい加減褒めろよな、そこ」

「すごいすごい」

「お前じゃねーよ」

茶々を入れた和樹の脚を、テーブルの下で蹴った。

よく考えたら、会社に行けばいるし、ＰＣさえ使えるようになればメールも打てる。わざわざ番号を覚えなくても、六条とそれきりになんてなるわけがなかったのだ。なにをあんなに焦ったのか。

けれどやはり、日本に着いて、慣れた空港を歩いている間に、一番に会いたくなったのは六条で、それまで態度の悪かった自分を顧みもせず電話した。空港を出たらすぐ携帯を買うつもりでいたのに、それすら待てずに。

「こんな乱暴な兄だけど、よろしくね、乃梨子さん」

和樹が甘えた声を出し、どさくさに紛れて六条の手を握った。「おい」と久住がそれを払いのけると、六条が楽しそうに声を出して笑う。

「お似合いだよ、兄貴が力抜けてる」

「俺、これまでそんな力んでた？」

「そういうわけじゃないけどさ」

訳知り顔で和樹が微笑んだ。

「今の兄貴、自然でいいよ、なんかわがままだし」

「俺がわがまま？　こいつじゃなくて？」

指をさされた六条が「ちょっと待ってよ」と不満そうな声をあげる。

「だってそうだろ」

ふたりのときは乃梨子と呼べとか、週末は可能な限り泊まれとか、私の好きなお茶を覚えろとか、六条こそ最近わがままがすごい。そういうのを出さずに溜めこむ奴だということがわかったので、なんでも言えと言ったら、本当になんでも言ってくるようになった。

「かーわいい、もとがしっかりしてると、加減できないんだな」

「お前がかわいいとか言うな」

「じゃあ兄貴が言ってやれよ」

「うるさい」

「そういうの、全然言ってくれないよね」

六条まで、と裏切られた気になる。

「ええー、ダメ兄貴だなあ」

「照れ屋なのかなあ?」

「ただのかっこつけかも」

またそのフレーズか。

あからさまなからかいの目を送ってくるふたりを睨み返して、うかつに六条など連れてくるんじゃなかったと悔いた。


「和樹くん、言ってた通りのイケメンさんだね」

「だろ」

駅からの帰り道、ご機嫌の六条とは逆に、久住は言葉少なになった。

「なんで機嫌悪いの」

「俺のことは久住くんで、あいつは和樹くんですか」

「じゃあ、弟さんも久住くんて呼ぶよ」

「そういうことじゃねーよ」

「わかってるよ」

ふてくされた久住の手を取って、六条が身体を寄せてくる。

夜道にふたりの息が白く散る。久住は着ているダウンジャケットのポケットに、繋いだ手を突っ込んだ。

「久住くんも呼んでくれないし」

「それは……」

「かわいいとも言ってくれないし」

「俺、言ってるよな?」

さっきからそこは抗議しようと思っていた。すると六条の目つきが、妙に冷ややかになる。

「言っとくけど、夜のああいうのは、別カウントだから」

「え、そうなの、なんで」

「じゃあ私が、そういうときだけ『久住くんて男らしい』って言ったらどう、複雑じゃない？」

それは……嬉しくなくはないが、確かに複雑だ。

「それと同じだよ」

「同じかなあ」

「今日、泊まってって」

「はいはい」

昨日から泊まってんじゃねーか、という文句を飲み込む。

六条は満足そうに、静かな空を見上げている。

「今日は空がクリアだね」

「俺、星とかひとつもわかんないんだよな」

「えっ、ほんと、冬の大三角は？」

「星が三つあればそれに見える」

「理科でやったじゃない、青白いのがシリウスで……オリオン座はわかる？」

空を指さしていた六条が、反応のない久住を振り返った。その無防備なところにキスをした。

片手で中途半端に、どこでもない場所を指したまま、六条が顔を赤らめる。

とっくに営業を終えた、人気のない商店街の路地で、髪をなでてもう一度唇を寄せた。簡単なキスの後で、やけに真面目な顔が見上げてくる。

「……今、思ってる?」

「思ってるよ」

ふたりして吹き出した。

好きだよ。

かわいいよ。

どんな顔をすればいいのかわからないから、言わないけれど。

こんな単純なことが、言葉になるのにずいぶんかかった。

「ラーメン食べて帰ろ」

「お前、二度と食べないって言ってたじゃん」

「気が変わったの」

どんなわがままもぶつけてくれていいよ。全部は聞いてやらないから。

それで怒ったりがっかりしたり、そういう顔を俺だけに見せればいい。

細い路地を覗き込んでいた六条が、「あっ」と声をあげる。

「並んでない、久住くん、今のうちだよ!」

「あ、おい」

繋いでいた手に引きずられるように久住も走った。すぐに追いついて、肩を抱いてやる。よろけた六条が、腕の中に転げ込んでくる。くしゃくしゃに頭を掻き回して、またキスをした。

「キスより言って」

「お前が先に言え」

「なんて？」

「なんだっていいぜ、男前とかかっこいいとか」

「それ、嬉しいの？」

「なにも言われないよりは」

「男前、かっこいい」

「かわいくないな」

「話が違う！」

本気で声を荒げる六条が、おかしくてかわいくて、笑った。

膨れている顔に、押しつけるようにキスをする。

「好きだよ」

往生際悪く、できればはっきり届かないでほしいと願いながら早口にささやいたものの、叶わず。六条はますます膨れ、じろりとこちらを睨み上げた。

「もう一回言って」

耐えきれずにまた笑った。

からかわれたと思ったらしい六条が、腹立たしげに久住の胸を叩く。

その頭を抱いて、よしよしとなだめて、湧いてくる愛しさを噛みしめて。

「嫌だ」

笑いながら、さらさらと指からこぼれる髪にキスをした。

Fin.

あとがき

こんにちは、西ナナヲです。私の二冊目のベリーズ文庫となる『イジワル同期とスイートライフ』をお手に取ってくださり、ありがとうございます。この話はＷＥＢ掲載時の原題が『恋愛シロウト』でして、不器用な大人の恋愛が自分なりのテーマでした。大人ならではの最短距離を行く感じと、大人ならではの回り道。あるある〜、とお楽しみいただけたら幸いです。

文庫用に改稿するにあたり、苦労したのがページ数の削減でした。ちょっと多すぎたのですね。そんなに書いたっけ、と読み返してみたら、確かに書いていました。文庫では贅肉を落として、だいぶシュッとさせることができたと思います。こういう作業を通して最初からスリムな文章を書けるようになる……が理想ですが、世の中そんなに甘くなく、相変わらず小太りなものを書いては削り、書いては削りする日々です。

本作で初めて同期同士の恋愛を書き上げました。仲間意識が芽生えやすい反面、対等だからこそ容赦がなかったり、甘えるのが難しかったり。スタートラインは一緒でも、配属先や仕事内容の影響で、気づけば完全な横並びではなくなっていたり。ただの同級生とも違う、〝同期〟。親密な中にもどこか緊張感があるような、でもやっぱり一番安心できるような……そんな関係のふたりにしかできない恋愛を描けていたらいいなあ、などと思いつつ。

話は変わり、「調子こむ」という言い回しをご存じでしょうか。茨城弁で、意味は「調子に乗る」です。「調子こんでんじゃねーぞ」などと活用します。カジュアルさとしては「調子こく」と同等ですね。染み付きすぎていまだについ使ってしまう茨城弁のひとつです。気を抜くと作中でも使いそうになります。

「俺、学生時代とか調子こんでたから」

こんな感じ。はい、しっくり来ますね（私は）！　自分は訛っていないほうだと思っていた私。上京後のアルバイト先で「え、ちょ、『こむ』ってなに」と笑われたときの衝撃は忘れられません。

文庫化に際しご助力をいただいた各位、またここまで応援してくださったみなさまに、心からの感謝を込めて。

西《にし》ナナヲ

西ナナヲ先生への
ファンレターのあて先

〒104-0031
東京都中央区京橋1-3-1
八重洲口大栄ビル7F
スターツ出版株式会社　書籍編集部　気付

西ナナヲ先生

本書へのご意見をお聞かせください

お買い上げいただき、ありがとうございます。
今後の編集の参考にさせていただきますので、
アンケートにお答えいただければ幸いです。

下記URLまたはQRコードから
アンケートページへお入りください。
http://www.berrys-cafe.jp/static/etc/bb

イジワル同期とスイートライフ

2017年2月10日　初版第1刷発行

著　　者　西ナナヲ
©Nanao Nishi 2017

発 行 人　松島 滋
デザイン　hive&co.,ltd.
D T P　久保田祐子
校　　正　株式会社 文字工房燦光
編集協力　妹尾香雪
編　　集　倉持真理
発 行 所　スターツ出版株式会社
〒104-0031
東京都中央区京橋1-3-1　八重洲口大栄ビル7F
TEL　販売部　03-6202-0386（ご注文等に関するお問い合わせ）
URL　http://starts-pub.jp/
印 刷 所　大日本印刷株式会社

Printed in Japan

乱丁・落丁などの不良品はお取替えいたします。
上記販売部までお問い合わせください。
定価はカバーに記載されています。

ISBN 978-4-8137-0204-7　C0193

ベリーズ文庫 2017年2月発売

『王太子様は無自覚!?溺愛症候群なんです』　ふじさわさほ・著

大国の王太子と政略結婚することになった王女ラナは、輿入れ早々、敵国の刺客に誘拐される大ピンチ！　華麗に助けてくれたのは、なんと婚約者であるエドワードだった。自由奔放なラナとエドワードはケンカばかりだったが、ある日イジワルだった彼の態度が豹変!?　「お前は俺のものだ」と甘く囁き…。

ISBN 978-4-8137-0203-0／定価：本体620円＋税

『イジワル同期とスイートライフ』　西《にし》ナナヲ・著

メーカー勤務の乃梨子は、海外営業部のエースで社内人気NO.1の久住と酔った勢いで一夜を共にしてしまう。久住に強引に押し切られる形で、「お互いに本物の恋人ができるまで」の"契約恋愛"がスタート！　恋心なんてないはずなのに優しく大事にしてくれる久住に、乃梨子は本当に恋してしまって…!?

ISBN 978-4-8137-0204-7／定価：650円＋税

『強引なカレの甘い束縛』　惣領《そうりょう》莉沙《りさ》・著

七瀬は、片想い相手で同期のエリート・陽太から「ずっと好きだった」と思わぬ告白を受ける。想いが通じ合った途端、陽太はところ構わず甘い言葉や態度で七瀬を溺愛！　その豹変に七瀬は戸惑いつつも幸せな気分に浸るけれど、ある日、陽太に転勤話が浮上。ワケあって今の場所を離れられない七瀬は…?

ISBN 978-4-8137-0205-4／定価：640円＋税

『モテ系同期と偽装恋愛!?』　藍里《あいさと》まめ・著

男性が苦手なOLの紗姫は、"高飛車女"を演じて男性を遠ざけている。ある日、イケメン同期、横山にそのことを知られ「男除けのために、俺が"仮の彼氏"になってやるよ」と突然のニセ恋人宣言!?　以来、イジワルだった彼が急に甘く優しく迫ってきて…。ドキドキしちゃうのは、怖いから?　それとも…?

ISBN 978-4-8137-0206-1／定価：630円＋税

『エリート医師の溺愛処方箋』　鳴瀬菜々子《なるせななこ》・著

新米看護師の瑠花は医師の彼氏に二股され破局。ヤケ酒を飲んでいたバーで超イケメン・千尋と意気投合するも、彼はアメリカ帰りのエリート医師で、瑠花の病院の後継者と判明！　もう職場恋愛はしないと決めたのに、病院で華麗な仕事ぶりを披露する彼から、情熱的に愛を囁かれる毎日が続き…!?

ISBN 978-4-8137-0207-8／定価：640円＋税

書店店頭にご希望の本がない場合は、書店にてご注文いただけます。

ベリーズ文庫 2017年3月発売予定

Now Printing

『逆境シンデレラ～ガラスの靴では走れない～』　あさぎ千夜春《ちよはる》・著

エール化粧品で掃除婦として働く沙耶は、"軽薄な女好き"と噂のイケメン御曹司・基が苦手。なのに、彼の誕生日パーティで強引にキスをされてしまう。しかも、軽薄なはずの基がその日から溺愛モードに!!　身分違いの恋だからと一線を引く沙耶に、「君のすべてが愛しい」と一途に愛を伝えてきて…!?

ISBN 978-4-8137-0218-4／予価600円＋税

Now Printing

『素敵な政略結婚～キスはケンカの後で～』　高田《たかだ》ちさき・著

27歳のあさ美は、父親のさしがねで自分の会社の毒舌イケメン社長・孝文と突然お見合いをさせられてしまう。しかも強引に婚約まですることに…！同居生活が始まると孝文は意外と優しくて頼もしい。だけど、思わせぶりな態度で何度もからかわれるから、あさ美の心は振り回されっぱなしで!?

ISBN 978-4-8137-0219-1／予価600円＋税

Now Printing

『難攻不落な彼の罪つくりなキス』　紅《くれない》カオル・著

IT企業で働く奈知は、鬼社長と恐れられる速水にトラブルを救われ、急接近。速水の優しさや子供っぽい一面を知り、その素顔に惹かれていく。だけど速水には美人専務と付き合っている噂があり、奈知は諦めようとするけれど、速水の自宅を訪れたある日「試したいことがある」と突然キスされて…!?

IISBN 978-4-8137-0220-7／予価600円＋税

Now Printing

『プレジデント・センセーション～臨時秘書は今日も巻き込まれてます～』　佳月弥生《かげつやよい》・著

臨時の社長秘書になった地味OLの美和。イケメン御曹司である敏腕社長の隼人は俺様で、恋愛未経験の美和を面白がって迫ったり、無理やりデートに連れ出したり。さらに女よけのため「俺の恋人を演じろ」と命令!?　仕方なく恋人のフリをする美和だけれど、彼が時折見せる優しさに胸が高鳴って…。

ISBN 978-4-8137-0221-4／予価600円＋税

Now Printing

『わがままLOVERS』　pinori《ぴのり》・著

失恋したOLのちとせは社内人気No.1のイケメン、眞木に泣いているところを見られてしまう。クールで誰にもなびかないと噂の眞木から「お前の泣き顔、可愛いな」と言われ戸惑うけれど、以来、彼とは弱みを見せられる仲に。いい友達だと思っていたのに、ある日、一緒に行った映画館で突然キスされて…!?

ISBN 978-4-8137-0222-1／予価600円＋税

タイトル、価格等は変更になることがございますのでご了承ください。